Ulrike Thomas
Der fehlende Mann

Das Buch

In detektivischer Kleinarbeit versucht Psychotherapeutin Monika Klein das mysteriöse Verschwinden Jacob Rinnsteins aufzuklären, ein älterer Mann, der sich als Kunstsammler und spendabler Gönner in Mannheim einen Namen gemacht hat. Die Stadt, die ihrerseits alles daran setzt, sich einen Ruf als Kulturhauptstadt aufzubauen, beeilt sich seinen Forderungen nach Neubau einer Ausstellungshalle für die wertvollen Exponate nachzukommen. Während Luise Rinnstein, die Frau des Verschwundenen, der Verzweiflung nahe ist, gerät die langjährige Beziehung der Psychotherapeutin aus den Fugen, nachdem Lebensgefährte Albert sich einer Kundin nicht nur geschäftlich widmet. Das Fehlen der Männer spitzt sich zu.

Die Erzählung rankt sich um Beziehungen zwischen Männern und Frauen, Geschlechterrollen, das Alleinsein als Single oder zu zweit und die unterschiedlichen Versuche damit zurecht zu kommen.

Im Mittelpunkt der Geschichte stehen zwei Frauen aus zwei Generationen, die über 80jährige Luise Rinnstein und die über 50jährige Therapeutin Monika Klein. Fast beiläufig wird ein kritisch-ironischer Blick auf die Kommunalpolitik geworfen und das in der medialen Darstellung oft schräge Bild der psychotherapeutischen Arbeit zurechtgerückt.

Die Autorin

Ulrike Thomas, 1956 geboren, wuchs in Frankenthal/Pfalz auf. Seit 1997 arbeitet die promovierte Diplom-Psychologin als Psychotherapeutin in eigener Praxis in Mannheim. Die Mannheimer Kommunalpolitik kennt sie aus ihrer Zeit als Stadträtin genau. Mit der Erziehung zu stereotypen Geschlechterrollen und ihren Folgen im Lebenslauf hat die Autorin sich auch in ihren politischen und wissenschaftlichen Tätigkeiten beschäftigt. Ihr erster Roman »Der Schöne und das Biest« erschien 2013.

Ulrike Thomas
Der fehlende Mann

Psychologischer
Roman
aus Mannheim

Bibliografische Information der
Deutschen Nationalbibliothek
Die Deutsche Nationalbibliothek verzeichnet diese
Publikation in der Deutschen Nationalbibliografie;
detaillierte bibliografische Daten sind
im Internet über www.dnb.de abrufbar.

© 2016 Ulrike Thomas
Herstellung und Verlag: BoD – Books on Demand,
Norderstedt
Umschlagfoto und -Gestaltung: Luise Hambrecht

ISBN 9783739232621

*Für alle Liebenden und die,
die es werden wollen.*

*Wieso hatte niemand sein Fehlen bemerkt?
Funktionierte die Anonymität
der Großstadt so perfekt?
Die Vorstellung erschreckte mich.*

TEIL I

1

Es war diese verdammte Vorweihnachtszeit. Wie jedes Jahr rollte eine Unglückswelle auf mich zu und ich hatte alle Mühe, meine Klientel und mich vor dem Ertrinken zu bewahren. Unter überbordendem Dekokitsch taten sich Abgründe auf, der künstliche Lichterglanz warf dunkle Schatten. In dieser Zeit des allgemeinen Konsumrauschs zeigte sich die Kluft zwischen denen, die sich jeden Unsinn leisten konnten, und jenen, deren finanzielle Mittel kaum für das Notwendige reichten, dramatisch. Labile Menschen, die sich den Rest des Jahres gerade so auf den Füßen hielten, verloren im omnipräsenten Gedudel der Weihnachtsmusik ihren Halt. Schwelende Konflikte eskalierten. Zwischen all den Vorboten des Fests der Liebe fühlten Singles ihre Einsamkeit schmerzhafter denn je, Menschen in unbefriedigenden Beziehungen ebenso. Nicht nur die Kassen des Einzelhandels klingelten süßer, auch mein Geschäft boomte.

Nach fast zwanzig Jahren in der Branche war mir nichts Menschliches fremd und ich hätte einen Eid darauf geschworen, dass mich kaum noch etwas überraschen könnte, bis ich Luise kennenlernte und diese merkwürdige Geschichte begann – an einem Freitagnachmittag Mitte November.

Eine anstrengende Arbeitswoche näherte sich ihrem Ende. Müde und ausgelaugt versuchte ich mir die letzten Zeilen des Berichtes, den ich unbedingt noch heute eintüten wollte, abzuringen. Kein Mensch macht sich eine Vorstellung davon, mit wie viel Bürokratie die Arbeit einer Psychotherapeutin – speziell in der Fachrichtung Verhaltenstherapie – verbunden ist. Als echte ›Strafarbeiten‹ gelten die ›Berichte an den Gutachter‹, die bei Therapieverlängerungen fällig werden. Es soll Kolleginnen und Kollegen geben, die Ghostwritern viel Geld dafür bezahlen, jedenfalls erheblich mehr als sie selbst erhalten, um sich diese lästige Pflicht vom Hals zu schaffen. Manche weigern sich kategorisch Verlängerungsanträge zu stellen und überlassen ihr Klientel nach einer Kurzzeittherapie sich selbst. Der eine oder die andere soll gar entnervt den Beruf an den Nagel gehängt haben, wegen dieser Zumutungen. Faktisch ist diese Vorschrift die Rache der Ärztelobby, weil es unseren Berufsvertretungen in jahrzehntelangen Auseinandersetzungen gelungen war, Politik und Krankenkassen von der Wirksamkeit unserer Arbeit zu überzeugen und wir so in das Hoheitsgebiet der Weißkittel eingedrungen sind. Jedenfalls war ich gerade dabei ein solches Machwerk abzuschließen, als das Telefon sich bemerkbar machte. Der Anrufbeantworter blinkte rot. Genervt nahm ich den Hörer ab.

»Klein«, brummte ich ins Telefon. Am anderen Ende meldete sich mit brüchiger Stimme eine Frau.

»Entschuldigen Sie bitte die Störung. Mein Name ist Rinnstein, ich bräuchte dringend ein Gespräch.«

»Worum geht es?«, erwiderte ich nicht besonders

freundlich, warum mussten die Leute auch stets außerhalb meiner Telefonsprechstunden anrufen.

»Das möchte ich Ihnen am Telefon nicht sagen, es handelt sich um eine komplizierte und sehr persönliche Sache, bei der ich Ihre Hilfe brauche.«

»Es tut mir leid, aber meine Praxis ist ausgebucht, ich muss sie auf das nächste Quartal vertrösten. Sie können es gerne im Januar nochmal versuchen. Wie sind Sie denn auf meine Praxis gekommen?«

»Ich habe ihre Telefonnummer von einer Freundin, die bei Ihnen Patientin und sehr zufrieden war.«

»Wie heißt Ihre Freundin?«

»Emma Schweitzer, sie hat mir gesagt, ich soll mich unbedingt Ihnen anvertrauen.«

Ich erinnerte mich. Das musste mindestens zehn Jahre her sein. Die Frau war circa 70 Jahre alt gewesen und hatte sich an mich gewandt, weil sie nach dem Tod ihres Mannes, den sie jahrelang gepflegt hatte, in ein tiefes Loch gefallen war. Der Mann war nach einem Schlaganfall körperlich und geistig schwer behindert und seine Frau hatte schier Unmögliches geleistet, um ihn vor dem Pflegeheim zu bewahren. Ihr gesamter Alltag hatte sich um ihn und seine Bedürfnisse gedreht. Mit seinem Tod hatte Frau Schweitzer nicht nur ihren Mann, sondern auch ihre Lebensaufgabe verloren. Es war ein mühsamer Lernprozess für sie gewesen, eigene Bedürfnisse zu entwickeln und sich um sich selbst zu kümmern.

Gut, das war die Eintrittskarte für Frau Rinnstein. Irgendwann hatte ich mit mir die Abmachung getroffen, alle Hilfesuchenden, die auf Empfehlung kamen, wenn irgend möglich aufzunehmen, schließlich lebte ich von Mund-zu-Mund-Propaganda.

»Nächste Woche habe ich leider überhaupt keine Termine mehr frei, aber ich kann Ihnen anbieten, in einer Stunde vorbeikommen, so lange habe ich hier noch zu tun.«

»Oh, da habe ich ja riesiges Glück gehabt. Herzlichen Dank, ich bin um 18 Uhr bei Ihnen.«

2

Knapp eine Stunde später läutete es an der Tür. Vor mir stand eine zierliche alte Frau.

»Guten Abend, mein Name ist Klein, Sie sind sicher Frau Rinnstein?«, begrüßte ich sie.

Offensichtlich erleichtert über meine freundlichen Worte lächelte sie mich an und nickte. »Ja, mein Name ist Luise Rinnstein, ich bin Ihnen unendlich dankbar, dass Sie mir so kurzfristig einen Termin gegeben haben. Ich habe mich ganz arg beeilt, um nicht zu spät zu kommen.«

Ich bat sie um ihre Krankenkassenkarte und schaltete Computer und Lesegerät wieder ein. »Oder sind Sie privat versichert?«

»Oh, Entschuldigung, ich komme nicht als Patientin zu ihnen, ich wusste mir nicht mehr zu helfen. Sie sind die Einzige, die mir eingefallen ist, weil Sie doch auch meiner Freundin geholfen haben und sich für Frauen einsetzen. Bei der Polizei war ich auch schon, aber die konnten nichts für mich tun, ich glaube, die wollten auch nicht. Die haben sicher gedacht, die Alte spinnt und mich nicht ernst genommen, dabei ist doch alles wahr und ich kann es mir selbst nicht erklären«.

»Gut dann setzen wir uns, und Sie erzählen mir, was sie sich nicht erklären können.«

»Ich habe meinen Mann verloren.«

»Oh, das tut mir leid, wie lange ist er schon tot?«, versuchte ich anteilnehmend zu wirken.

»Mein Mann ist nicht tot, er ist wie vom Erdboden verschwunden«, sie stockte, »und zwar am Samstag letzte Woche. Seither habe ich nichts mehr von ihm gehört. Ich bin verzweifelt, weiß nicht, was ich tun soll. Bitte helfen Sie mir«, sagte sie flehend.

»Was heißt verschwunden? Ist er verreist, wollte er jemanden besuchen, die Kinder, Bekannte oder Freunde?«

»Nein, nein, er hat bzw. wir haben keine Kinder. Unser Kind war unser Schuhgeschäft. Vielleicht kennen Sie es noch, Schuh Lauer, später Rinnstein in Ludwigshafen? Ja, wir waren immer zu zweit, wir haben keine anderen Menschen gebraucht, wir waren uns genug.«

Sie fand noch weitere Argumente für das Alleinsein zu zweit, offenbar glaubte sie, sich für die Kinderlosigkeit rechtfertigen zu müssen. Nein, das Geschäft kannte ich nicht, aber ich versicherte ihr, dass ich sie verstehen könne und es schön fände, dass sie so eine harmonische Beziehung mit ihrem Gatten habe, worauf sie ihre Rechtfertigungsversuche einstellte. Allerdings war mir völlig unklar, was überhaupt passiert war, so dass ich nochmals fragen musste, wo und wie das mysteriöse Verschwinden ihrer besseren Hälfte stattgefunden hatte.

Darauf erzählte sie mir detailliert von einem ausgedehnten Spaziergang am letzten Samstag, zunächst durch den Luisenpark mit Kaffeepause im *Seerestaurant*, er hätte ja Kuchen so gerne gegessen, am liebsten die ganz fetten mit Sahne oder Buttercreme, die er aber in letzter Zeit nicht mehr so gut vertragen habe; schließlich seien sie im Planetarium gelandet, wo sie während der Vorführung eingeschlafen und als sie wieder aufgewacht sei, wäre er weg gewesen. Sie habe im Vorraum und auf der Toilette nach ihm gesucht, Leute gefragt, auch vor dem Planetarium sich umgeschaut, aber draußen sei es dunkel gewesen, es sei schließlich Winter, so dass sie sich auf den Heimweg gemacht habe, in der Hoffnung, dass er zu Hause auf sie warten und über sie lachen würde, weil sie auf seinen Streich reingefallen sei.

Sie hielt inne in ihrem Vortrag, sah mich fragend an.

»Und was haben sie dann gemacht?«, beendete ich das Schweigen.

»Ich setzte mich an unseren Esstisch und wartete, stundenlang. Das kannte ich nicht, dass er ohne Absprache alleine weg ging. Ich spielte gedanklich alles Mögliche durch und versuchte irgendeine Erklärung zu finden. Ich hatte schreckliche Angst, mein Leben erschien mir plötzlich so sinnlos und leer ohne ihn. Er war schließlich immer für mich da gewesen, hatte mich nie im Stich gelassen. Alles haben wir gemeinsam gemacht.

Die alte Dame schwieg, blickte mich traurig und fragend an.

Ich konnte versuchen, das Informationsknäuel zu entwirren, die Dinge in eine sinnvolle zeitliche Reihenfolge zu bringen und Hintergründe zu erfahren. Hatte sie sich die Geschichte ausgedacht, um Aufmerksamkeit zu bekommen? War ihr Mann vor ihr geflüchtet, um seine Ruhe zu haben? War die Ehe der beiden wirklich so gut wie sie es darstellte? Sollte er gar gekidnappt worden sein? Der Gedanke kam mir so absurd vor, dass ich ihn umgehend fallen ließ. Wer sollte einen alten Mann entführen? Vom Äußeren der Frau tippte ich auf eine mittlere Rente, die keinen Anlass für eine Lösegeldforderung bieten konnte.

Im übrigen sollte ich endlich in Erfahrung bringen, welchen Part Luise Rinnstein mir bei der Sache zugedacht hatte, schließlich war ich weder Polizistin noch Privatdetektivin. Genau das fragte ich sie dann auch.

»Ich glaube, Sie könnten eine Menge für mich tun, als Psychotherapeutin können Sie bestätigen, dass ich nicht verrückt bin. Wenn Sie zur Polizei gehen, wird ihnen dort geglaubt werden«. Ihnen wird man nicht unterstellen, dass Sie verkalkt oder nicht zurechnungsfähig sind. Sie sind meine einzige Hoffnung, bitte helfen Sie mir«, flehte Sie mich an.

Ich überlegte. Einerseits erschien die Geschichte nicht uninteressant, andererseits war klar, dass ich die Gute nicht mehr los werden würde, wenn ich ihr einmal die Hand gereicht hätte. Solche Leute klammerten. Aber Luise Rinnstein hatte mit ihrer zwar etwas aufdringlichen aber netten Art mein rudimentär ausgeprägtes Helfersyndrom getroffen. Ich beschloss, mich der Sache anzunehmen. Warum nicht mal Detektivin spielen, wo ich doch Krimis liebte und schon als Kind von Verbrecherjagd geträumt hatte. Sicher ließe sich das Ganze schnell aufklären.

»Ich werde versuchen, Ihnen zu helfen, dazu müssen Sie mir allerdings einige Fragen beantworten.«

»Oh, ich danke Ihnen«, unterbrach sie mich »ich wusste, dass ich Ihnen vertrauen kann.«

»Na, nun machen Sie sich mal nicht zu viel Hoffnungen«, reagierte ich fast verlegen, »lassen Sie uns lieber gemeinsam überlegen, wie wir Licht ins Dunkel bringen können. Haben Sie irgendeine Idee, wo ihr Mann vom Planetarium aus hingegangen sein könnte?«

»Nein, er geht nicht in die Wirtschaft, wenn Sie das meinen", antwortete Sie fast schon beleidigt. »Er hat so gut wie nie Alkohol getrunken, höchstens ein Glas Wein an Feiertagen oder wenn Besuch da war – was selten der Fall war – ein Glas Sekt. Ich habe ihn niemals betrunken erlebt; es war ihm stets sehr wichtig nicht die Kontrolle zu verlieren«, eiferte sie sich.

»Was halten Sie von einem Bierchen?«

»Ja, ab und zu schmeckt es mir, wenn ich in Gesellschaft bin.«

»Gut, dann setzen wir unser Gespräch in einer Kneipe fort, ich muss hier raus!«

Wir gingen ein paar Schritte und kehrten in der Pizzeria um die Ecke ein. Ich hatte Durst, ich hatte Hunger.

Mein Weizenbier kam sofort, meine Pizza bald, Salvatore, der Wirt kannte mich. Während ich aß und trank, nippte mein Gegenüber an einer kleinen Weinschorle. Die wenigen Worte, die wir während dessen wechselten, waren Belanglosigkeiten. Nachdem ich gestärkt war, versuchte ich, mich an die Frau heranzutasten. Freiwillig würde sie keine Disharmonien ihrer Ehe schildern, das hatten mir ihre glühenden Plädoyers für die traute Zweisamkeit deutlich vermittelt.

»Hatte er gesundheitliche Probleme, könnte es sein, dass ihm plötzlich schlecht geworden ist und er irgendwo draußen zusammengebrochen ist?«

»Ausschließen kann ich das nicht, aber er war kerngesund für sein Alter, immerhin 87 Jahre. Er war auch nicht senil, falls Sie das vermuten, er war vollständig in Ordnung im Kopf. Glauben Sie mir, es gibt keine normale Erklärung für sein Verschwinden. Es muss etwas Furchtbares passiert sein, vielleicht ist er verletzt worden, liegt irgendwo und kann sich nicht helfen oder er ist tot.«

Sie sank in sich zusammen und starrte vor sich hin.

Es war sinnlos, an diesem Punkt weiter zu fragen. Ich schlug ihr vor, sie am Sonntag zu besuchen, trank mein Bier aus und wollte bezahlen. Sie bestand jedoch darauf, mich einzuladen, was ich akzeptierte. Sie ließ sich vom Ober ein Taxi bestellen, nannte mir ihre Adresse, bedankte sich für mein Entgegenkommen, nahm den Mantel vom Haken, verabschiedete sich und ging nach draußen.

Ich konnte den Impuls zu sagen »vielleicht wartet Ihr Mann zuhause schon auf Sie«, gerade noch unterdrücken und ließ sie gehen. Sie war sich sicher, dass er nicht zuhause warten würde, das spürte ich. Ich bestellte mir noch ein Bier.

Sonntagmorgen.

Ich erwachte vom geräuschvollen Hantieren meines Lebensgefährten mit Geschirr. Vermutlich wollte er mir auf diese Art mitteilen, dass ein neuer Tag angebrochen war. Ich stand auf, trottete in die Küche, drückte meinem Herzbuben einen Kuss auf die Backe, nahm mir einen Becher Kaffee und die Sonntagszeitung und begab mich ins warme Bett zurück.

Albert und ich kannten uns eine Ewigkeit, genaugenommen seit über dreißig Jahren. Wir teilten uns die geräumige Dreizimmerwohnung ohne uns einzuengen. Die kleineren Zimmer fungierten als individuelle Rückzugsräume, das größere dritte war Fernseh-, Gäste- und Zimmer für alle Fälle. Die gut geschnittene Küche mit ihrem großen runden Tisch war Treffpunkt. Über die Jahre hatten wir unsere Rituale entwickelt und gefestigt. Aufgrund unterschiedlicher Lebensrhythmen sahen wir uns tagsüber wenig, wenn es unsere Termine zuließen, aßen wir abends zusammen, was allerdings selten der Fall war. Samstags frühstückten wir gemeinsam, das war Gesetz, danach fuhren wir per Fahrrad auf den Markt, schlenderten gemütlich durch die Stadt, amüsierten uns über unsere Mitmenschen und andere Kuriositäten, bevor wir unsere eingekauften Schätze nach Hause transportierten. Den Rest des Tages verbrachten wir mit Aufräumen, Ausruhen, Essen vorbereiten, pflegten Hobbies oder soziale Kontakte.

Für mich war der Samstag der schönste und entspannendste Tag der Woche.

Albert war freischaffender Künstler. Als diplomierter Grafikdesigner hatte er den Einstieg in die lukrative Werbebranche verpasst, zumal er nicht der Typ dafür war, sich später zum Webdesigner fortgebildet und hangelte sich so von Auftrag zu Auftrag. Manchmal hatte er viel, meist weniger zu tun. Wegen der unregelmäßigen und schwer planbaren Einkommenssituation hatte Albert nicht den Mut, sich ein Büro zu mieten. Dadurch war sein Arbeitsplatz zuhause, teils in seinem, teils im gemeinsamen Arbeitszimmer. Auch wenn mich seine Arbeitsunterlagen selten störten, da er sehr darauf bedacht war, unser drittes Zimmer nur sporadisch dafür zu nutzen und ordentlich aufzuräumen, empfand ich diesen Zustand aus seiner Perspektive äußerst unbefriedigend.

Da Albert zuhause arbeitete und insgesamt mehr Freizeit hatte als ich, versorgte er unseren gemeinsamen Haushalt. Dafür bezahlte ich den Großteil unserer Lebenshaltungskosten. Für die Ordnung in meinem Zimmer war ich selbst zuständig, ansonsten war ich von der Hausarbeit befreit. Da ich – wenn ich Zeit dazu hatte – gerne kochte, trug ich diesbezüglich meinen Teil bei.

Unser Zusammenleben funktionierte gut, über die Jahre und in unzähligen Diskussionen hatten wir uns zusammengerauft und eine Lebensform entwickelt, die uns genügend eigene Freiräume ließ und gleichzeitig die Pflege der Beziehung ebenso berücksichtigte wie die Pflege unseres zum erheblichen Teil gemeinsamen

Freundeskreises. Wir gingen offen miteinander um und versuchten, Konflikte im ehrlichen Gespräch zu lösen.

Einen Nebenverdienst hatte Albert durch seine Funktion als Stadtrat im Mannheimer Gemeinderat. Dafür erhielt er eine monatliche Aufwandsentschädigung. Allerdings kostete ihn dieses ›Ehrenamt‹ oft mehr Zeit als seine hauptberufliche Tätigkeit. Mehrmals in der Woche hatte er Ausschuss- oder Aufsichtsratssitzungen, dazu kamen die regelmäßigen Fraktionstreffen und Repräsentationsverpflichtungen. Da diese Termine meist abends stattfanden, konnten wir uns nicht auf die Nerven fallen, da wir uns unter der Woche wenig begegneten.

Schon gestern hatte ich Albert von meiner neuen Aufgabe berichtet, da Luise Rinnstein keine Patientin war, musste ich auch keine Schweigepflicht einhalten.

Witzigerweise erinnerte sich Albert dunkel an die Rinnsteins.

»Als wir noch Kinder waren, haben meine Eltern unsere Schuhe oft bei Rinnsteins gekauft. Der Laden war bekannt für eine bestimmte Marke, die nicht besonders schick, aber solide war, worauf vor allem mein Vater großen Wert legte. Das ist aber schon über vierzig Jahre her und ich kann mir die beiden optisch nicht mehr im Detail ins Gedächtnis rufen.«

Albert war gebürtiger Frankenthaler und die Pfälzer hatten damals die Angewohnheit in Ludwigshafen Schuhe und in Mannheim Kleider zu kaufen. Ich selbst kam ursprünglich aus einem Kaff bei Heidelberg und unsereins verirrte sich höchstens in den Pfälzerwald oder auf die Weinfeste, was uns seit es die Hochstraßen gab mühelos gelang ohne mit der Schwesterstadt in Berührung zu kommen.

Albert fand die Geschichte genauso merkwürdig wie ich, googelte die Rinnsteins auch gleich, jedoch ohne Ergebnis. Vermutlich hatten die beiden alten Leute die Segnungen des Internets noch nie benutzt und tauchten somit dort auch nicht auf. Allerdings glaubte mein Mitbewohner dem Namen Jacob Rinnstein später nochmal begegnet zu sein, er wisse aber beim besten Willen nicht mehr wo und wann. Ich selbst habe – Namen sind Schall und Rauch – ein so miserables Namensgedächtnis, und zwar – um allen Vorurteilen über das Älterwerden den Wind aus den Segeln zu nehmen – schon seit meiner Schulzeit, dass ich mich gar nicht mehr bemühe, meinen Speicher nach solchen Daten abzufragen. Der Name Rinnstein war mir – soweit würde ich trotz meiner Gedächtnislücken gehen – in meinem ganzen über 50jährigen Leben noch nie begegnet.

Zwanzig vor zwei, ich musste los.

Ich rannte die drei Stockwerke runter, zur Haustür raus, allerdings nicht ohne den Blick prüfend auf das Pflaster zu richten – die Neckarstadt war bekannt für die Tretminen, die die zahllosen Hunde bzw. deren Herrchen und Frauchen ungleichmäßig verstreut auf den Gehwegen hinterließen.

Mit dem Fahrrad waren es knappe zehn Minuten bis in die Oststadt, dem teuersten Viertel Mannheims. Zwanzig Euro pro Quadratmeter Wohnraum waren hier keine Seltenheit, obwohl die Ausstattung der alten Villen selten auf dem neuesten Stand war. Verdienen und verdienen lassen war die Devise. Wer hier wohnte, wohnte entweder schon ewig hier, hatte geerbt oder konnte es sich leisten.

Ich hielt vor einem massiven alten Haus in der Kolpingstraße, parkte mein Fahrrad an einer Laterne und klingelte bei »Jacob Rinnstein«.

Es summte, und ich trat durch die schwere Eichentür in ein äußerst repräsentatives Treppenhaus, auf dem Boden wunderschöne alte Fliesen, Holztäfelung an den Wänden und der typische Geruch alter Häuser. Ein reich verziertes schmiedeeisernes Geländer geleitete mich in das zweite Obergeschoss, vorbei an einer Gemeinschaftsarztpraxis im Erdgeschoss und einer Rechtsanwaltskanzlei im ersten Stock. Die Wohnung der Rinnsteins war die einzige in diesem Haus. Luise Rinnstein erwartete mich an der Eingangstür und führte mich durch eine großzügige Diele in ihren mit alten Möbeln geschmackvoll eingerichteten ›Salon‹. Der Raum umfasste gut und gerne vierzig Quadratmeter, grober Stuck zierte die hohe Decke – nicht mein Geschmack –, auf dem sehr gepflegten Parkett lagen Orientteppiche und an den Wänden hingen opulent gerahmte Kunstwerke, die verdächtig nach Originalen aussahen. Die Attraktion des Zimmers war zweifellos der geräumige Erker, in dem sich, begrenzt von zwei riesigen Schusterpalmen, ein massiver Holztisch mit sechs Stühlen befand. Dort bat mich meine Gastgeberin, Platz zu nehmen. Während sie sich für einen Moment entschuldigte, bewunderte ich die Aussicht auf den Luisenpark. Knorrige alte Laubbäume, die im Sommer für sattes Grün sorgten, davor allerdings zwischen den Unmengen von Absperrpfosten zum Teil abenteuerlich geparkte Autos und reichlich Verkehr. Durch die zwar stilvollen, aber einfach verglasten Fenster drang der Autolärm kaum gedämpft herein.

Luise Rinnstein erschien mit einem großen Tablett, auf dem ein dekorativer Teller mit Gebäck und passende Kaffeetassen standen. Einen Gegensatz dazu bildete die moderne Thermoskanne.

»Lieber heißen Kaffee in einer Thermoskanne, als kalter in Porzellan«, fing die ältere Dame meinen Blick auf.

Sie hatte Sinn für das Praktische.

»Wieso steht nur Jacob Rinnstein an Ihrer Tür?«, konnte ich mir die Frage nicht verkneifen.

»Oh, es war früher so üblich, nur den Vornamen des Mannes anzugeben und nicht den der Frau. Mein Mann ist recht konservativ, wissen Sie?«

»Ist es für Sie nicht irgendwie demütigend hinter dem Namen Ihres Mannes zu verschwinden?«, musste ich nachhaken, da ich solche Konventionen, die weibliche Existenz verleugneten, verabscheute.

»Ich weiß, was Sie meinen, aber es war mir nie so wichtig, schließlich ist Rinnstein ja auch nicht mein Name, sondern der meines Mannes, ich hieß vor meiner Heirat Lauer, also würden mich Freundinnen aus meiner Jugend, die nicht wissen, wen ich geheiratet habe, auch unter Luise Rinnstein nicht vermuten, da kommt es auf den Jacob auch nicht mehr an.«

Da hatte sie nicht unrecht. Aber ich sollte zum Anlass meines Besuches kommen.

»Haben Sie ein Foto Ihres Mannes? Wenn ich ihn

suchen soll, wäre es hilfreich, zu wissen, wie er aussieht.«

»Ich glaube nicht, zumindest kein sehr neues. Wir haben keinen Photoapparat und uns lieber Ansichtskarten gekauft, wenn wir in Urlaub waren, die Bilder waren so mit Sicherheit viel schöner, als wenn wir sie selbst gemacht hätten. Aber ich schaue demnächst mal auf dem Dachboden nach, dort haben wir unsere alten Unterlagen verstaut.«

»Vielleicht ein Passfoto?«

»Ja natürlich, aber das ist im Ausweis, und den hat er immer bei sich.«

»Hat er eventuell seinen Führerschein dagelassen?«

»Mein Mann hat keinen Führerschein, wir besitzen kein Auto. Wir sind bisher überall hingekommen, haben fast die ganze Welt gesehen auch ohne Auto.«

»Sie sind viel gereist?«

»Oh ja, seit mein Mann 65 war – da haben wir den Laden aufgegeben –, waren wir mehrere Monate im Jahr unterwegs. Wir haben viel von der Welt gesehen, die USA fehlen uns noch. Wir sind nicht neugierig, andere Länder und Kulturen interessieren uns aber sehr.«

Das Ehepaar Rinnstein schien nicht gerade am Hungertuch zu nagen, große Wohnung in teurer Gegend, mehrmonatige Reisen im Jahr …

Sie erriet meine Gedanken: »Nicht, dass Sie denken, wir seien reiche Leute. So ist das nicht. Unser Schuhgeschäft in der Ludwigshafener Innenstadt ging gut und wir hatten kaum Zeit, das verdiente Geld auszugeben. Wir haben keine Kinder, keine geldgierigen Verwandten, wir haben kein Haus gebaut, sondern immer in Miete gewohnt, wir haben kein Auto und wenig technischen Schnickschnack, so dass sich nach und nach ein bescheidenes Vermögen angesammelt hat, das wir im Ruhestand, als wir endlich Zeit dafür hatten, auch ausgeben wollten, bevor es dem Staat zufallen würde.«

Klang durch und durch vernünftig.

»Ein bisschen mehr müsste ich schon über Ihren Mann wissen, Frau Rinnstein. Wie sieht er aus, hat er irgendwelche Angewohnheiten, hat er Hobbies, Freunde, Bekannte, wo geht er am liebsten hin ...?«

»Er ist ein gutaussehender Mann, ein Meter fünfundsiebzig groß, schlank, hatte früher schwarzes, inzwischen natürlich graues Haar und sehr zarte, feingliedrige Hände. Angewohnheiten? Nun ja, er ist ein wenig eitel, sieht ganz gern in den Spiegel und freut sich, wenn er im Mittelpunkt des Geschehens steht. Er liebt es auch, den Ton anzugeben und verkraftet es nicht so gut, wenn jemand widerspricht. Aber ansonsten ist er ein herzensguter Mensch, der das, was er hat, mit anderen teilt. Enge Freunde hatte er genaugenommen nicht, wir haben ein paar Bekannte aus früherer Zeit, die wir aber kaum noch sehen. Man hat sich auseinandergelebt. Gesellig ist er nicht. Er pflegt zu sagen: ›Ich habe durch den Laden so viele Menschen kennenlernen müssen, dass ich in meiner Freizeit lieber darauf verzichte.‹ So ist er halt. Wenn ich ab und zu meine Freundin besuche oder mit ihr ausgehe, so interessiert ihn das kaum, er bleibt dann alleine zu Hause.«

Ich war bei der dritten Tasse Kaffee angelangt, hatte

auch einige der leckeren Kekse verspeist und fühlte mich mit Rinnsteins schon ein wenig vertraut.

»Wie haben Sie sich denn kennengelernt, wenn ich fragen darf?«

»Sicher dürfen Sie, das ist doch kein Geheimnis. Unsere Beziehung war durch die Umstände in den ersten Jahren etwas erschwert. Kennengelernt haben wir uns mitten in der Hungersnot nach dem Krieg, Jacob war zwanzig, ich erst fünfzehn. Wir stammen beide aus Ludwigshafen in der Pfalz, dort trafen wir uns in einer Warteschlange vor einem Lebensmittelgeschäft. Unsere Mägen knurrten, wir kamen ins Gespräch und verliebten uns.

Seit diesem Tag sahen wir uns so oft ich konnte, hielten uns an der Hand, küssten uns heimlich, er brachte mich bis vor meine Haustür. Mein Vater beäugte unser harmloses Verhältnis äußerst misstrauisch, er fand, ich sei zu jung für einen Mann. Jacob war am Ende des Krieges noch eingezogen worden, kurz vor dem Abitur. Er hatte insofern Glück gehabt als er körperlich unversehrt zurückgekommen war, doch seine Seele war verwundet. Auch wenn er nicht über seine furchtbaren Erlebnisse sprechen konnte, so spürte ich, wie sehr er litt.

Seine Mutter versuchte ihn mit ihren geringen Möglichkeiten aufzupäppeln, aber es dauerte eine ganze Weile bis er wieder Vertrauen zu sich und schließlich zu mir fand, zumal ich wenig Zeit für ihn hatte.

Meine Mutter, die unser Schuhgeschäft alleine führte, während mein Vater als Soldat im Krieg war, wurde bei einem Bombenangriff im Hof unseres Hauses getötet. Mein Vater konnte sich von diesem Schicksalsschlag nie erholen. Er war als Schuhmachermeister ein guter Handwerker, aber ein miserabler Geschäftsmann. Mit Leder konnte er souverän umgehen, Zahlen machten ihm Angst. So ertränkte er seinen Kummer im Alkohol und überließ mir, dem einzigen Kind, die Geschäfte oder besser gesagt, den Wiederaufbau dessen, was davon übrig war. Nach dem Volksschulabschluss erweiterte ich meine Kenntnisse auf der Handelsschule. Parallel führte ich den Haushalt und kümmerte mich um die Buchhaltung, was letztlich über meine Kräfte ging. Da Jacob keine Ausbildung hatte und arbeitslos war, durfte er schließlich bei uns im Laden mithelfen, alleine hätte ich es nicht geschafft, so dass mein Vater seinen Widerstand gegen die Verbindung aufgab. Der Laden war klein und alt, aber er ernährte uns drei.

So hart es klingen mag, erst nachdem mein Vater 1952 gestorben war, konnten Jacob und ich heiraten und durchstarten. Wir bauten aus und renovierten. Ich hatte die kaufmännischen Kenntnisse, besorgte das Geschäftliche, und Jacob entwickelte sich mit seinem Charme zu einem begnadeten und bei den Kundinnen beliebten Verkäufer, so dass unser Geschäft bald recht gut lief. Wir waren ein eingespieltes Team. Nachdem unsere finanzielle Situation sich stabilisiert hatte, zogen wir auf Wunsch meines Mannes nach Mannheim. Er wollte in der wenigen Freizeit seine Ruhe, keine Kundschaft treffen. Mein Mann liebt schöne Dinge, hat ein Gespür für Kunst, Menschen ging er privat aus dem Weg. Hier in der Oststadt hat es uns immer gefallen. Die kulturellen Einrichtungen, die wir gerne besuchten, waren in der Nähe, von aufdringlichen Nachbarn blieben wir verschont.

Ja, und nun ist er verschwunden«, fügte sie nachdenklich hinzu.

Mir war völlig unklar, wie ich dieser Frau helfen sollte. Ihr Mann, mit dem sie seit über sechzig Jahren in einer offenbar außergewöhnlich guten Beziehung gelebt hatte, war seit einer Woche wie vom Erdboden verschluckt. Die Polizei weigerte sich, der Frau zu helfen, und es gab keinerlei Anhaltspunkte, wo ich mit der Suche anfangen sollte. In meiner Ratlosigkeit schlug ich vor, den Spaziergang vom Samstag zu wiederholen, vielleicht würde ihr dabei etwas einfallen, das uns weiterbringen konnte. Luise Rinnstein willigte ein, und wir machten uns auf den Weg.

4

Wir gingen zunächst ein Stück durch den *Unteren Luisenpark*, den Abschnitt des Parks, der öffentlich war. Unmengen von Menschen waren unterwegs, das ungewöhnlich laue Wetter hatte sie ins Freie zum spärlichen Grün gelockt. Auf den Wiesen tollten Hunde, junge Männer traten nach Bällen.

Wie gut, dass eine sehr engagierte Bürgerinitiative vor über 20 Jahren den Bau einer Tiefgarage unter dem an die Renzstraße angrenzenden Teil des Parks verhindert hatte. Das Scheitern der Pläne der Stadtverwaltung hatte vielen alten Bäumen das Leben und der mit Lärm und Dreck ohnehin überlasteten Stadtbevölkerung einen der letzten Reste kostenloser Natur gerettet.

»So sind wir hier immer entlanggegangen, schweigend wie Sie und ich jetzt auch«, platzte Luise Rinnstein in meine Gedanken. »Im Sommer, wenn es warm war, haben wir manchmal stundenlang auf einer Bank gesessen, etwas gelesen, die Leute beim Vorbeiflanieren beobachtet oder den Kindern beim Spielen zugeschaut.«

Wir gingen unter der Otto-Beck-Straße durch in den eingezäunten Teil des Parks – Luise Rinnstein hatte eine Jahreskarte, mich lud sie ein – an den *Kutzerweiher*, ein Eldorado für Vögel aller Art, die hier unbehelligt von kläffenden Vierbeinern ihrem Dasein frönen konnten. Auf den schmalen Wegen herrschte Gedränge,

Jung und Alt, Groß und Klein schob sich aneinander vorbei – Familiennachmittag.

Am Seerestaurant machten wir kurz Halt, und Luise Rinnstein zeigte mir, wo sie mit Jacob gesessen hatte, am Fensterplatz mit Blick auf den See.

»Am letzten Samstag war es nicht so voll, heute würden wir hier keinen Platz bekommen.«

Das stimmte augenscheinlich. Im Lokal war jeder Stuhl mit Kuchen in sich hineinstopfenden Menschen besetzt.

Unser Weg führte am Pflanzenschauhaus vorbei, auch dort reges Treiben, wie schön musste es sein, diesen Park unter der Woche ohne Volksauflauf genießen zu dürfen.

Diese Sonntagsidylle blockierte mich, ich schaffte es nicht, mit meiner Begleiterin in ein kontinuierliches Gespräch zu kommen.

Als wir den Luisenpark verlassen hatten und uns dem Planetarium näherten, versuchte ich, die Sache in den Griff zu kriegen: »Wir haben uns zwar schön miteinander die Füße vertreten, aber ich habe nicht das Gefühl, auch nur einen halben Zentimeter vorangekommen zu sein. Haben Sie denn eine ungefähre Vorstellung, was ich für Sie tun soll?«

Meinen leicht ärgerlichen Tonfall überhörend, antwortete sie ruhig und bestimmt: »Ich erwarte von Ihnen, dass Sie alles aufklären und verstehen.«

Hugh, ich habe gesprochen. Ihr Blick traf mich wie ein Wurfgeschoss. Das war keine Verzweiflung, kein Flehen, das war ein Befehl.

Leicht genervt beschloss ich, meinen mir sonst eigenen Perfektionismus in diesem Fall zu zügeln, schließlich musste ich morgen wieder zu meiner eigentlichen Arbeit und hatte weder Zeit noch Lust, mein zukünftiges Leben einer sinnlosen Suche nach einem Herrn Rinnstein zu widmen.

Vielleicht war die Harmonie mit seiner Frau in tödliche Langeweile umgeschlagen, hatte ihn just beim Blick in den Himmel des Planetariums die Torschlusspanik gepackt, und er war geflohen, um vermeintlich Versäumtes nachzuholen, bevor es zu spät sein würde.

Wenn wir schon mal da waren, konnte es kein Fehler sein, den Ort seines Verschwindens genauer zu inspizieren. Wir betraten das Foyer und ich bat Luise Rinnstein auf einem der dort bereitstehenden Stühle Platz zu nehmen, während ich mich zur Kasse begab, deren Aussehen – Vollverglasung mit einem kleinen ovalen Türchen – frappant an die Kartenschalter der Bahn in meiner Kindheit erinnerte, hinter denen die Beamten mit strengem Gehabe thronten. Für kleine Menschen war es unter diesen Bedingungen eine echte Herausforderung gewesen, eine Fahrkarte zu erwerben.

Vor mir war eine lange Schlange aus entnervten Eltern und ungeduldig quengelnden Kindern, denen die ersteren mit Eis und anderen Süßigkeiten den Mund stopften. Es ging dann doch schneller als erwartet, nachdem eine Frau für eine größere Gruppe die Karten besorgt hatte.

Ich fragte die freundliche Dame an der Kasse, die durch nichts aus der Ruhe zu bringen schien, ob sie zufällig am Samstag letzter Woche auch Dienst gehabt hatte und sich möglicherweise an ein älteres Ehepaar erinnere, das spät nachmittags da gewesen war.

Ich hatte Glück, die Kartenverkäuferin war normalerweise samstags und sonntags im Einsatz, sie arbeite gerne am Wochenende – im Gegensatz zu den jungen Leuten –, weil sie, wie sie mir glaubhaft versicherte, ganz froh sei, wenn sie nicht den ganzen Samstag und Sonntag mit »ihrem Göttergatten« verbringen müsse, der seit er den Garten nicht mehr habe, überhaupt nichts mehr mit seiner Freizeit anzufangen wisse und ihr dann den ganzen Tag im Weg rumstehe und sie bei der Arbeit im Haushalt störe, statt ihr zu helfen ...

Ich hatte das Pech, dass hinter mir niemand mehr anstand und die Frau offensichtlich auf die Gelegenheit, ein wenig zu plaudern, gewartet hatte. Ich unterbrach ihren Redefluss und kam auf mein Anliegen zurück: »Entschuldigen Sie, können Sie sich noch an die Frau da drüben«, ich zeigte mit dem Kopf zu Frau Rinnstein hinüber, »erinnern und an den Mann, der bei ihr war?«

»Wir haben samstags fünf Vorstellungen, später Nachmittag haben Sie gesagt, das muss der ›Hubbles‹ gewesen sein. Unser Publikum ist sehr gemischt, es waren sicher etliche ältere Leute dabei. Die kommen gerne mit ihren Enkeln oder sogar Urenkeln. Ob die Frau auch dabei war? Tut mir leid, da bin ich überfragt. Aber – entschuldigen Sie meine Neugier – warum wollen Sie das denn wissen?«

»Nun, äh, der Mann hat seine Frau während der Vorführung alleingelassen und hinterher behauptet, einen Bekannten gesehen zu haben, mit dem er sich draußen unterhalten hätte, angeblich um sie nicht zu stören, sie war nämlich eingenickt«, log ich wenig überzeugend.

»Ja, ja so sind die Männer, egal wie alt, und dann ist er mitten in der Nacht mopsfidel wieder aufgekreuzt und hat so getan als ob er kein Wässerchen trüben könnte, stimmts?«

»Ja, so ähnlich muss es gewesen sein, und die Frau versucht nun herauszufinden, ob er alleine weggegangen ist oder mit dem Bekannten, wie er behauptet, oder ob der Bekannte nicht viel eher eine Frau war, Sie verstehen?«

»Ah, eifersüchtig, das lohnt sich nicht, das hat kein Mann verdient, sage ich ihnen. Da fühlen sie sich doch erst recht gebauchpinselt, wenn sie merken, wie die Frauen wegen ihnen leiden ...«

»Da haben Sie sicher recht«, versuchte ich sie auf meine Frage zurückzubringen, »aber Sie könnten uns wirklich sehr helfen, wenn Sie sich an den Mann und an einen eventuellen Begleiter oder eine Begleiterin erinnern könnten.«

»Ja, wie sieht er denn überhaupt aus?«

»Er ist 87 Jahre, schlank, ungefähr 1,75 groß, hat graue Haare«, gab ich Luise Rinnsteins Beschreibung an sie weiter.

»Jesses, hört das denn nie auf, 87? Also, ich habe an für sich ein ganz gutes Gedächtnis, aber bei dem Publikumsverkehr, den wir hier haben, kann ich mich beim besten Willen nicht an einzelne Besucher erinnern.«

Ich dankte der Frau für ihre Hilfe, sie wünschte mir noch einen schönen Sonntag und ich sollte doch mit der älteren Frau mal einen trinken gehen, damit sie auf andere Gedanken käme, schließlich gäbe es doch noch mehr schöne Männer auf der Welt ...

Ich begleitete Luise Rinnstein zu ihrem Haus in der Kolpingstraße und überlegte, wie ich an aufschlussreichere Informationen kommen könnte. Das markante Planetariumsgebäude liegt eingeschlossen von zwei mehrspurigen Straßen, die auf die Autobahn bzw. von ihr weg führen. Die Gegend ist im wesentlichen Gewerbegebiet, das am Wochenende ausgestorben ist. Gaststätten gibt es ebenfalls keine, sieht man von der ›Eventgastronomie‹ des sogenannten Palazzo, dessen Zelt sich jeden Winter auf der ›Karnickelwiese‹ breit macht, ab. Dessen Gäste kamen bei den stolzen Preisen vermutlich nur einmal, da gab es keine Laufkundschaft. Ich konnte also niemanden nach Jacob Rinnstein fragen.

Wie war er überhaupt vom Planetarium weggekommen, mit der Straßenbahn, mit dem Taxi oder hatte er sich gar als Anhalter an die Autobahn gestellt und das alles ohne Gepäck oder war er vorher nochmal nach Hause gegangen? Fragen über Fragen.

Als wir vor ihrer Haustür angekommen waren, fiel mir ein, dass Luise Rinnstein wissen müsste oder zumindest nachsehen konnte, ob Kleider und Schuhe von ihm, ein Koffer oder ähnliches fehlten und fragte sie danach.

»Oh, ja, entschuldigen Sie, das hätte ich Ihnen auch wirklich gleich sagen können, das war ja schließlich das erste, was ich überprüft habe, nachdem ich ihn nicht zu Hause vorgefunden hatte. Nein, es fehlt nichts; er hat weder Unterwäsche noch Hemden oder andere

Kleidungsstücke mitgenommen, außer dem, was er an diesem Tag am Körper trug.«

»Ist doch merkwürdig, finden Sie nicht oder hatte er größere Mengen an Geld dabei?«, kam mir noch ein Gedanke.

»Das weiß ich nicht genau, hundert, zweihundert Euro hatten wir schon immer einstecken, falls mal was passieren würde, aber größere Summen normalerweise nicht.«

Wenn er – wie ich vermutete – irgendwo hingefahren war, um sich ein paar Tage ohne seine Frau zu amüsieren, brauchte er ohne Zweifel Geld, zumal er all seine Sachen zu Hause gelassen hatte. Er musste entweder vorher einen größeren Betrag vom Konto abgehoben haben oder er hatte Plastikgeld dabei.

»Haben Sie Ihre Kontoauszüge überprüft«, ich ging bei soviel Harmonie ganz selbstverständlich davon aus, dass sie ein gemeinsames Konto hatten, »wurde ein größerer Betrag abgehoben, von dem Sie nichts wissen?«

»Glauben Sie etwa, dass Jacob unser gemeinsames Geld verjubeln würde? So ein Mann ist er nicht, dafür würde ich meine Hand ins Feuer legen; ich finde das nicht sehr fair von Ihnen, ihm so was zu unterstellen«, beschwerte sie sich.

»Liebe Frau Rinnstein, wenn ich Ihren Mann suchen soll, muss ich verschiedene Hypothesen überprüfen, auch um die eine oder andere ausschließen zu können, zumal Sie mir bisher so gut wie keine Informationen geliefert haben. Wie stellen Sie sich denn meine Nachforschungen vor? Ich möchte, dass Sie Ihre Konten kontrollieren und mir jede Veränderung mitteilen, sonst kann ich nichts mehr für Sie tun.«

»Es tut mir leid, dass ich vorhin so reagiert habe«, entschuldigte sie sich, »schließlich kennen Sie Jacob ja nicht und müssen von daher wohl auch Möglichkeiten in Betracht ziehen, die mir völlig absurd erscheinen. Ich verspreche Ihnen, dass Sie Unrecht haben mit Ihrer Annahme, aber ich werde unsere Konten überprüfen.«

Damit verabschiedeten wir uns leicht unterkühlt.

5

Am Montag verspätete sich eine Patientin, so dass ich Zeit hatte, mich um meine ›Detektei‹ zu kümmern. Ich rief bei der Taxizentrale an und fragte, ob es eine Möglichkeit gebe herauszufinden, wer an dem bewussten Samstagabend meinen Großvater am Mannheimer Planetarium abgeholt habe, er habe nämlich seinen Schirm im Auto liegen lassen, an dem er hinge, weil er ihn von seiner verstorbenen Frau, meiner Großmutter, geschenkt bekommen habe, und ich hätte ihm versprochen, ihn abzuholen, falls der Schirm gefunden würde.

»Das tut mir leid« antwortete die nette Dame am Telefon entgegenkommend, »an diesem Samstag muss schönes Wetter gewesen sein, bei uns ist kein einziger Schirm eingegangen, aber ich schaue mal nach, ob wir eine Fahrt vom Planetarium gehabt haben, vielleicht hat ihn der Fahrer übersehen. Einen Moment bitte.«

Ich musste nur wenige Sekunden warten, bis sie mir mitteilen konnte, dass in der fraglichen Zeit nicht eine einzige Fahrt ab Planetarium in der Zentrale registriert worden sei. Also Fehlanzeige.

Meine Patientin hatte sich offenbar nicht verspätet, sondern ihre Sitzung vergessen, jedenfalls war sie schon eine halbe Stunde über der Zeit. Das war besonders unangenehm, wenn Leute ihren Termin nicht einmal absagten. So hatte ich nicht nur Honorarausfall, sondern zudem meine kostbare Zeit verschwendet.

Mein Klientel ist überwiegend weiblich. Die Diagnosen sind vielfältig, angeführt von diversen Angststörungen, gefolgt von depressiven Verstimmungen. Die negativen Stimmungen sind vor dem Hintergrund schwieriger Lebensumstände und fehlender Anerkennung zu sehen und stehen in Verbindung mit Vermeidungsverhalten aufgrund von Ängsten. Angst haben die Frauen vor allem Möglichen, vor allem aber vorm eigenen Versagen (»Was könnten die Leute denken?«). Die Männer spielen dabei keine Nebenrolle, denn oft verstärkt das Verhalten der Partner die Ängste der Frauen. So übernehmen Männer in den meisten Beziehungen die prestigeträchtigeren Tätigkeiten wie selbstverständlich (z.B. Autofahren), während sie die weniger angesehenen genauso selbstverständlich nicht übernehmen (z.B. Haushalt, Kümmern um Kinder und andere Angehörige) und auf diese Weise ihre Partnerinnen, die sich das gefallen lassen, in althergebrachte Rollen drängen. So erhalten diese Frauen nicht nur wenig Anerkennung, sondern verlieren nach und nach auch die Kompetenzen in den Bereichen, in denen sie Anerkennung erhalten könnten. Etliche meiner Klientinnen sind bei Beginn der Therapie aufgrund von Doppelbelastung und Perfektionismus beim ewigen Dreckwegräumen schlichtweg erschöpft und müssen das Wörtchen ›nein‹ erst mal aussprechen lernen.

Nun, ich rief auch noch Luise Rinnstein an und fragte nach den Kontobewegungen. Klar, hätte ich mir sparen können, sie hatte es mir ja vorausgesagt.

6

Die restliche Woche gestaltete sich wie üblich, tagsüber therapierte ich und schlug mich mit der Bürokratie herum, abends schaffte ich es gerade noch mich zu ernähren, falls Albert da war ein paar Worte mit ihm zu wechseln, um dann wie ein Sack ins Bett zu fallen. Beziehungspflege sah anders aus.

Erst am Samstag, nachdem mein Mitbewohner und ich von unserem kurzen Stadtgang – die Innenstadt war in diesem Jahr noch mehr mit Buden zugestellt, was zusätzlich zu den baustellenbedingten Hindernissen zu weiteren Engpässen führte – zurück waren, konnten wir uns bei unserem ausnahmsweise späten Frühstück in Ruhe austauschen.

Auch Albert profitierte von der weihnachtlichen Ausgeberitis, da ein Teil seiner Kundschaft vor dem Jahresende noch kräftig Geld investierte, um die Steuerlast zu schmälern. Das war zwar erfreulich, doch hätte eine ausgewogenere Verteilung der Aufträge meinem Gefährten nicht nur mehr existenzielle Sicherheit verschafft, sondern auch seiner Laune gut getan. Da er fast jeden Tag der Woche bis spät abends gearbeitet oder politische Termine wahrgenommen hatte, war er ziemlich überreizt. Von daher erzählte ich nur wenig über meine Aktivitäten, zumal die Schweigepflicht mir enge Grenzen setzt und beschränkte mich aufs Zuhören.

Danach machten wir uns gemeinsam ans Aufräumen

und Saubermachen. Während Albert den Staub in unserer Wohnung mittels eines Lappens verteilte, zog ich in meinem Zimmer den Staubsauger hinter mir her.

Nachdem wir dem Haushalt unseren guten Willen gezeigt hatten, verlief der Samstag sehr spannungsarm. Abends waren wir mit Rita und Achim im TIG7, einem kleinen feinen Theater – wie der Name schon sagt – im innerstädtischen Quadrat G 7 verabredet. Nach dem für meinen Geschmack zu langatmigen Stück um Armut und Einsamkeit – ja es passte sehr gut zu Weihnachten – gingen wir in die nächste Kneipe, um, wie Achim gerne betonte, uns »mit Alkohol zu vergiften«, er selbst trank derlei höchstens in homöopathischen Dosen. Wir sprachen über das Stück und unterhielten uns über dies und jenes, meistens über unsere jeweiligen Berufe – Rita war Gymnasiallehrerin, Achim Steuerberater – und deren spezifische Herausforderungen, über frühere Heldentaten, die Gesellschaft im Allgemeinen und Besonderen und erzählten Dönekens aus unserem Leben. Den meisten konnten wir allerdings schon Nummern geben. Jedenfalls kam ich früher oder später auf meine Gehversuche als Detektivin zu sprechen und das seltsame Verschwinden des Jacob Rinnstein. Rita und Achim erzählten, dass sie kürzlich auch im Planetarium gewesen seien und zwar in einer für diesen Ort eher ungewöhnlichen Veranstaltung. Zur Musik von Pink Floyd sei mit speziellen Projektoren eine Art Animationsfilm an die Kuppel geworfen worden. Während Achim die Kombination gefallen hatte, fühlte Rita sich von der »Reizüberflutung«, wie sie es nannte, »genervt bis erschlagen«. Sie habe sich weder auf die Bilder noch auf die Musik konzentrieren können und sei heilfroh gewesen als das Spektakel nach etwas über einer Stunde vorbei war. Wir rechneten zurück und kamen zu dem Schluss, dass sie vermutlich am gleichen Tag im Planetarium gewesen waren, wie Luise Rinnstein mit ihrem Jacob. Allerdings konnten sie sich kaum begegnet sein, da Pink Floyd erst um halb acht angefangen hatte und die beiden Oldies in der Spätnachmittagsvorstellung gewesen waren.

»Bei Pink Floyd wären sie in ihrem Alter bestimmt aufgefallen wie bunte Hunde«, warf Albert in die Debatte.

»Oh, weit gefehlt, mein Lieber«, entgegnete Rita, »im Publikum waren sehr viele ›höhere Semester‹, Achim und ich haben ausnahmsweise den Altersschnitt nicht erhöht.«

7

Am Mittwochnachmittag war die Praxis wie üblich geschlossen. Obwohl erst die Hälfte meiner Arbeitswoche vorüber war, war ich schon so geschafft, dass ich mich ausgesprochen urlaubsreif fühlte. Dreieinhalb Wochen musste ich noch durchhalten. Luise Rinnstein hatte mich zwar in Ruhe gelassen, aber in den letzten Tagen hatten etliche ehemalige Patienten und Patientinnen dringend um einen Termin gebeten, die ich zusätzlich einschieben musste. Um die Arbeitsleistung zu würdigen, beschloss ich mich zu belohnen.

Also lenkte ich mein Fahrrad um die Ecke zum vegetarischen Selbstbedienungsrestaurant *Hellers* und befriedigte mich mit einer doppelten Portion Tira-mi-su, bevor ich nach Hause fuhr.

Dort wartete schon mein Kämpfer an der Werbefront auf mich mit einer Überraschung.

»Stell dir vor, dein Vermisster ist bei mir aufgetaucht«, begrüßte er mich grinsend.

»Oh, verarschen kann ich mich selbst, ich bin eh schon geladen.«

»Nein, nicht wie du meinst, setze dich, ich koche uns einen Tee«, machte er es spannend.

Ich hängte meine Verpackung an die Garderobe und ließ mich am Küchentisch nieder.

Albert bereitete unseren Tee, ich ergänzte ihn mit einem Schuss Rum und einem Löffel Honig.

»Heute Vormittag war die Aufsichtsratssitzung der

Stadtpark-GmbH. Wie immer am Jahresende gab es am Ende ein gemeinsames Essen mit dem üblichen Klatsch und Tratsch. So erfuhren wir außerhalb der Tagesordnung von unserem Oberbürgermeister, dass ein edler Spender der Stadt seine wertvolle Bildersammlung vermacht habe. Mit der Schenkung sei allerdings eine Bedingung verknüpft, die Bilder dürften nicht in einem Museum, sondern in einem eigens dafür zu errichtenden Gebäude mitten im Luisenpark ausgestellt werden. Der Geschäftsmann lege Wert darauf, dass die Bevölkerung die Bilder auch zu sehen bekäme. Mir schien seine Idee durchaus vernünftig, schließlich besuchen den Park weit mehr Menschen als die städtischen Musentempel. Der OB erzählte weiter, dass der Mannheimer Geschäftsmann möchte, dass sein Name gut sichtbar über dem Eingang des Ausstellungsgebäudes angebracht würde. Meine Gemeinderatskollegen wollten natürlich wissen, um wen es sich handle. Dann bat er uns die Information vertraulich zu behandeln, bis das Procedere im Gemeinderat abgesegnet sei. Nachdem alle zustimmend genickt hatten, ließ er die Katze aus dem Sack: »Es ist der ehemalige Besitzer des bekannten Ludwigshafener Schuhgeschäfts Rinnstein, Jacob Rinnstein.« Während die anderen munter weitertratschten: »Das Geschäft hat doch der Soundso übernommen, seither geht es nicht mehr so gut ...«. »Ja, ja die Frau stand doch auch jeden Tag von morgens bis abends im Laden ...«, konnte ich das Ende der Sitzung kaum erwarten, um dir die Nachricht zu überbringen. Na, was sagst du?«

Mir hatte es fast die Sprache verschlagen, das kam

selten vor. Ich musste sofort Luise Rinnstein fragen, ob sie von der großzügigen Spende wusste. Wir tranken unseren Tee aus, dann wählte ich ihre Telefonnummer. Doch außer dem Freizeichen hörte ich nichts. Nachdem wir eine Kleinigkeit gegessen hatten, versuchte ich es noch einmal, wieder ohne Erfolg. Offenbar war sie ausgegangen.

»Was hältst du von einem kleinen Verdauungsspaziergang in die Oststadt?«, schlug ich vor.

»Gute Idee, ich sitze sowieso den ganzen Tag nur auf dem Hintern.«

In der Rinnsteinschen Wohnung brannte kein Licht. Ich klingelte, nichts rührte sich. Ich klingelte noch einmal, wartete, doch kein Summen öffnete die Tür. Nachdem ich abermals vergeblich Sturm geklingelt hatte, gaben wir auf.

»Es wird ihr doch nichts passiert sein«, sprach Albert meine Gedanken aus.

Wir beschlossen, den Tag mit einem Bier im Uhland, eine Kneipe bei uns um die Ecke und einer der wenigen Orte, in denen auch Menschen jenseits der 50 verkehrten, ausklingen zu lassen. Oft trafen wir dort Bekannte, die wie wir aus dem ›alternativen‹ Umfeld kamen. An der Theke saß Gerd und plauderte mit dem Wirt. Wir setzten uns zu ihm und bestellten auch ein Weizenbier.

Nach einem kurzen Vorgeplänkel erzählte ich ihm die Geschichte von Jacob und Luise, nicht ohne zu erwähnen, dass ich anfing, mir Sorgen zu machen. Gerd war gebürtiger Mannheimer und hier groß geworden, während Albert und ich erst mit dem Studium hierhergekommen waren. Er kannte tatsächlich ›Gott und die Welt‹, vor allem die diversen Verknüpfungen zwischen den bekannten Mannheimer Familien und hatte ein sagenhaftes Gedächtnis für Namen und Zahlen. Bisweilen lieferte er wertvolle Informationen für Alberts kommunalpolitische Arbeit. So war Gerd auch keineswegs erstaunt über die Bilderspende, sondern erinnerte sich, dass Jacob Rinnstein schon früher in ähnlichem Zusammenhang aufgetaucht war. Die genaue Jahreszahl fiel ihm zwar nicht mehr ein, er wusste aber, dass ungefähr Mitte der 90er Jahre eine Mannheimer Schule einen Flügel geschenkt bekam und der Musiksaal, in dem der Flügel stand, seither *Jacob-Rinnstein-Saal* hieß.

»Das war es, was mir nicht mehr eingefallen war«, warf Albert in die Runde. »Ich sitze ja im Schulausschuss, wie ihr wisst, und bei einer unserer Besichtigungsfahrten zum Thema ›Renovierungsbedarf an Mannheimer Schulen‹ schauten wir uns auch die Schule an, in der dieser Musiksaal ist.«

»Da war doch sicher auch eine Einweihungsfeier, bei der der edle Spender geehrt wurde. Vermutlich gibt es dazu auch einen Artikel im Mannheimer Morgen mit Foto«, warf ich ein.

»Im Internet habe ich nichts gefunden über Jacob oder Luise Rinnstein«, erzählte Albert.

»Mensch Leute, es gab auch schon Datenbanken und Informationen bevor das Internet erfunden war«, belehrte Gerd. »Schaut doch mal im Stadtarchiv nach, die sammeln dort auch Zeitungsausschnitte, und mit

Sicherheit stand das damals im Lokalblatt, wahrscheinlich auf der ersten Seite.«

Wir tranken noch ein zweites Bier und unterhielten uns weiter angeregt. Als wir nach Hause kamen, erschien es mir zu spät, bei Luise Rinnstein anzurufen, ich verschob es auf morgen.

8

Donnerstag. Den ganzen Tag über versuchte ich zwischen den Sitzungen meine Klientin (als solche hatte ich sie inzwischen eingeordnet) telefonisch zu erreichen. Vergebens.

Auf dem Nachhauseweg fuhr ich bei ihr vorbei, klingelte. Nichts rührte sich, fast hatte ich es so erwartet. Ich warf einen Zettel in ihren Briefkasten, der glücklicherweise außen angebracht war, mit der Bitte, sich bei mir zu melden.

Gegen 22 Uhr probierte ich abermals, sie anzurufen, doch es blieb dabei, sie meldete sich nicht. Am Freitag dasselbe Spiel. Wieder fuhr ich abends bei ihr vorbei. Das ganze Haus wirkte ausgestorben. Mein Zettel lag immer noch im Briefkasten, wie ein Blick durch den Schlitz verriet.

Ich begann mir ernsthaft Sorgen um die alte Dame zu machen. Möglicherweise war sie in ihrer Wohnung gestürzt, hatte sich ein Bein gebrochen, konnte nicht mehr aufstehen, hatte einen Herzinfarkt erlitten oder ähnliches. Vielleicht hatte sie auch nur eine Freundin besucht. Seltsamerweise hätte ich erwartet, dass Luise Rinnstein mir Bescheid sagen würde, wenn sie längere Zeit von zu Hause wegzubleiben gedachte (wieso eigentlich?). Irgendwie hatte ich das ungute Gefühl, nicht mehr nur Jacob, sondern nun auch noch Luise Rinnstein suchen zu müssen. Die Frage war nur, wie und wann.

Albert war zu einer Nachtsitzung bei einem Kunden. Höchst unzufrieden mit der Situation und mir versuchte ich per TV auf andere Gedanken zu kommen. Das Programm war eine Zumutung. Mir war weder nach Mord, noch nach Volksmusik oder Fußball und ich hatte auch keine Lust auf einen Katastrophenfilm. Für einen derartigen Käse zahlte ich Fernsehgebühr?

In dieser Nacht schlief ich sehr unruhig. In meinen Träumen rangen die verschiedenen Probleme miteinander, Papierberge bewegten sich auf mich zu, während eine Stimme, die sich verdächtig nach Luise Rinnstein anhörte, leise zischend nach mir rief.

Am nächsten Morgen erwachte ich schweißgebadet und fühlte mich wie gerädert. Ein stechender Schmerz in der Nähe der Halswirbelsäule verriet mir, dass ich mich im Schlaf verkrampft statt entspannt hatte. Das flaue Gefühl im Magen verschwand auch nicht nach einem reichlichen Frühstück, das ich mir als Therapie verordnet hatte. Albert war nicht nach Hause gekommen. Keine Nachricht von ihm. Sollte ihm etwas passiert sein?

Es war Samstag und Einkaufen angesagt, unsere Vorräte waren deutlich geschrumpft. Also machte ich mich missmutig auf den Weg. Auf das ›Stadtritual‹ verzichtete ich und beschränkte mich auf den Nahbereich. Wenigstens gab es in der Neckarstadt noch ausreichend Infrastruktur, so dass die Versorgung im Stadtteil kein Problem war. Die Lange-Rötter-Straße beispielsweise bot eine reiche Vielfalt deutscher und ausländischer kleiner Läden, die mit ihren bunten Auslagen Appetit auf Kochen machten. Ich fragte mich immer, wie sie sich trotz der riesigen Konkurrenz durch die Lebensmitteldiscounter halten konnten.

Allerdings war ich heute nicht in der Stimmung, mir beim Betrachten des Angebots neue Menükreationen auszudenken, was mir unter anderen Umständen Spaß gemacht hätte.

Ich besorgte das, was ich brauchte.

Als ich nach Hause kam, war die Post gekommen.

Wie immer fielen mir die Briefe für den Herrn Stadtrat Albert Schreiner entgegen. Die Zeitung hatte ich heute auch noch nicht herausgenommen, der mickrige Behälter quoll über. Außerdem lag ein kleiner Zettel unseres Nachbarn im Briefkasten: »Habe ein Päckchen für Sie, Gruß Scholz«. Herr Scholz war ein netter Rentner, der im Erdgeschoss wohnte und im Haus nach dem Rechten sah, wenn alle anderen ihrem Tagwerk nachgingen. Er kümmerte sich darum, dass unsere diversen Mülltonnen rechtzeitig zu den Leerungen auf der Straße standen, putzte das Treppenhaus außer der Reihe, wenn es nötig war und nahm Briefe und Päckchen entgegen. Die Unmengen von Ausschuss- und Gemeinderatsunterlagen wurden zwar nicht mehr in Papierform sondern via Internet gesendet, dennoch erhielt Albert viel und sperrige Post, die unseren Briefkasten überforderte und profitierte daher häufig von der Hilfsbereitschaft des Herrn Scholz. Dafür revanchierten wir uns, indem wir dem allein Lebenden ab und an etwas Kuchen brachten, den er gerne annahm. Zu den anderen Mieterinnen und Mietern im Haus hatten wir nur Grußkontakt. Insgesamt funktionierte die

Hausgemeinschaft unproblematisch nach dem Motto: ›leben und leben lassen‹.

Ich warf die Post auf den Küchentisch, verstaute die Lebensmittel und machte mich mit der dritten Tasse Kaffee an meine Lektüre. Die Post an meinen Freund stapelte ich auf ein Häufchen am Ende des Tisches. Für mich waren nur die Auszüge meines Postscheckkontos – nein, ich erledige meine Bankgeschäfte nicht online – und ein Brief mit dem Freistempler des Forums für Psychische Krankheit (FPK) in Mannheim. Wieso war dieser Brief nicht an meine Praxis adressiert?

Absenderin war eine mir unbekannte Frau.

Das oben angegebene Datum war von vorgestern.

Sehr geehrte Frau Klein,

ich bin Krankenschwester im FPK und schreibe Ihnen, weil eine Patientin mich darum gebeten hat, telefonisch habe ich Sie leider nicht erreicht. Es geht um eine Frau Rinnstein, die seit Freitag bei uns ist. Mehr darf ich Ihnen hier nicht sagen. Sie können Frau Rinnstein besuchen, wenn Sie möchten, Sie finden sie in der Abteilung Gerontopsychiatrie.

Mit freundlichen Grüßen

Verena Sommer

Ach du liebe Zeit, was war jetzt passiert? Deshalb also hatte sie sich nicht gemeldet. Aber was machte Luise Rinnstein um Himmels Willen in der Psychiatrie?

Sie hatte auf mich weder einen senilen noch auf irgendeine Art ›verrückten‹ Eindruck gemacht. Nein, ganz im Gegenteil. Meine Klientin wirkte ausgesprochen fit, körperlich wie geistig.

Dennoch musste es für ihren Aufenthaltsort einen Grund geben, schließlich sammelt selbst die Psychiatrie die Menschen nicht von der Straße.

Nun doppelt (dreifach?) beunruhigt versuchte ich meinen Freund Albert anzurufen. Mailbox. Ich hinterließ seinem Anrufbeantworter die Bitte, mich so schnell wie möglich zurückzurufen und versuchte, mich auf die Zubereitung einer Mahlzeit zu konzentrieren. ›Linsen und Spätzle‹ ist ein schwäbisches Gericht, das Albert und ich gerne aßen und das nicht viel Arbeit machte. Vor allem im Winter, wenn selbst die Bioläden mit Grünzeug aufwarteten, das geschmacksneutral und weit gereist war, besann ich mich gerne auf Rezepte, die aus einer Zeit stammten, in der es im Winter weder Kunstsalat noch Tiefkühlkost gab.

Die Linsen kochten zusammen mit jeweils einem Stück Lauch, Sellerie und Karotten. Als überzeugter Nicht-Schwäbin konnte ich es mir durchaus leisten, statt Selbstgemachter, Spätzle aus der Tüte dazu zu nehmen.

Gerade als die Linsen gar, die Nudeln ›al dente‹ waren, klingelte das Telefon. Ich machte den Herd aus und nahm den Hörer ab. Es war Albert. Er gestand, dass er gestern Nacht ›versackt‹ sei, aber so langsam wieder ›zu Bewusstsein‹ käme. Ich verzichtete auf Vorwürfe und er versprach, sich umgehend in Trab zu setzen.

Um das Ganze nachher nicht als Brei genießen zu müssen, schüttete ich die Nudeln ab, hängte sie im Sieb in den noch warmen Topf und machte den Deckel drauf.

Eine halbe Stunde später kam Albert. Er wirkte ziemlich mitgenommen. Statt einer Erklärung gab er mir einen Kuss auf die Backe, setzte sich und begann seine Post durchzusehen.

Ich schüttete die Spätzle in das nochmal erhitzte Linsengemüse, rührte kräftig durch und verteilte das Essen auf die Teller.

»Was war los?«, fragte ich ihn.

»Sorry, ich habe die Zeit gestern völlig vergessen. Ich musste noch eine komplizierte Homepage bei einem Kunden basteln, dabei gab es tausend Details zu beachten, ich habe mich total verzettelt, musste aber unbedingt fertig werden.«

»Und warum hast du mir nicht Bescheid gesagt, ich habe versucht, dich anzurufen, dein Handy war aus?«

Schließlich gestand Albert, dass der Kunde eine Kundin war, die mit ihm zusammen an dem Werk gearbeitet und ihm um Mitternacht noch einen Imbiss mit Wein kredenzt hatte und sie so »eben durch den Stress usw.« zu viel getrunken hätten, so dass er nicht mehr fahren konnte, worauf sie ihm ihr Gästebett angeboten habe, wo er sofort eingepennt und heute erst kurz vor zwölf wieder aufgewacht sei.

Mein Mitleid hielt sich in Grenzen. Geneigt ihm zu

glauben – was blieb mir anderes übrig – erzählte ich meine Geschichte und er bot mir an, mich zu begleiten, wenn ich Luise im Psychiatrischen Krankenhaus besuchen würde.

Obwohl mich die Neugier plagte, hatte ich wenig Lust, diesen unangenehmen Ort heute noch aufzusuchen. Ich brauchte Zeit für mich, und Luise Rinnstein war in sicherer Verwahrung. Ich schlug Sonntagnachmittag vor, Albert war einverstanden.

Nachdem wir das Essen mit einem Espresso beschlossen hatten, zogen wir uns ohne weitere Aussprache in unsere eigenen Gemächer zurück.

Sonntag.

Tatsächlich war es mir gelungen trotz tausender beunruhigender Gedanken einigermaßen zu schlafen, so dass ich mich dem Tag gewachsen fühlte.

Auf der Fahrt in die Innenstadt – mit dem Auto falls wir Luise Rinnstein gleich mitnehmen mussten – sprachen wir nicht viel, ich hatte das Radio ziemlich laut aufgedreht und mein Beifahrer war in sich versunken. Nach den üblichen Schwierigkeiten bei der Parkplatzsuche kamen wir gegen 15 Uhr am FPK an.

Bei der Information erfuhren wir, in welcher Station der gerontopsychiatrischen Abteilung die alte Frau untergebracht war.

Es war nicht zu übersehen, dass hier alle Türen abgeschlossen waren und nur Menschen, die wie die Krankenschwester, die uns öffnete, über einen Sesamöffne-dich verfügten, sich hier halbwegs frei bewegen konnten.

Die Station selbst schien vor allem aus einem großen Saal zu bestehen, in dem alte Menschen nahezu regungslos an Tischen saßen.

Luise Rinnstein sah ich erst, nachdem ich mich an einem Großteil der völlig apathisch wirkenden Gestalten vorbei zum Fenster bewegt hatte. Dort saß sie mit dem Rücken zu mir und starrte hinaus. Als sie mich wahrnahm, glitt ein kurzes Lächeln über ihr Gesicht.

Wenigstens erkannte sie mich, das war schon mal ein gutes Zeichen.

Ich begrüßte sie und stellte ihr meinen Freund vor.

»Du bist doch nicht etwa der kleine Schreiner, mein Gott bist du groß geworden, oh, Entschuldigung, sind Sie natürlich. Wie geht es Ihrer Mutter, hat sie immer noch die Probleme mit den kleinen Zehen?«

Alberts Mutter Maria war vor drei Jahren gestorben, die Erinnerung an sie wenig erfreulich. Sie war eine dieser Nervensägen – in meinem Jargon eine Histrionikerin – also eine Frau, die sich fürchterlich aufbrezelte, ohne Pause redete und um alles ein grässliches Getue machte, um jeden Preis im Mittelpunkt stehen wollte. Als Albert sie mir und mich ihr vorstellte waren wir uns auf den ersten Blick unsympathisch. Mein ungeschminktes Äußeres gefiel ihr genauso wenig wie mir ihr aufgetakeltes. Ihre anfänglichen Versuche, mich in Richtung Barbiepuppe umzuerziehen, prallten an mir ab. Passend zu ihrer Affektiertheit sprach sie den Namen meines Gefährten französisch aus, also »Albär« mit Betonung auf der zweiten Silbe. Alberts Vater Heinz, der als männliches Pendant zu seiner Frau mit narzisstischer Persönlichkeit brillierte, d.h. Typ eitler Gockel, der stets alles besser wusste und mir genauso wenig gefiel, hatte die Familie verlassen als Albert in der Pubertät war. Beide Eltern benötigten nur Tage um sich Ersatz zu suchen. Während der Vater mit einer deutlich jüngeren Frau eine zweite Familie gründete, wechselte Alberts Mutter ihre Partner mehrfach, wobei sie nicht wählerisch war. So musste sich Albert zwischen Trennung der Eltern und seinem Auszug aus der mütterlichen Wohnung mit mehreren ›Stiefvätern‹ arrangieren, wobei er keinen dieser Männer ernst nahm. Maria brauchte Publikum wie andere das tägliche Brot. Tatsächlich war sie gelernte Opernsängerin und hatte ihren Beruf nach Alberts Geburt an den Nagel gehängt, was sie bei jeder Gelegenheit betonte. Mich wunderte, dass Albert sein Elternhaus relativ unbeschadet überstanden und kein schlechtes Gewissen wegen seiner eigenen Existenz hatte. Jedenfalls war er stets bemüht, einen Lebensweg zu finden, der weder an den Vater, noch an die Mutter denken ließ. Der Vater lebte noch, Albert hatte den Kontakt abgebrochen, nachdem der Vater just bei der Beerdigung der Mutter wieder einmal betonte, wie wenig er von Beruf und Lebensweise Alberts hielt und wie großartig seine eigene Leistung in Beruf und Familie im Vergleich dagegen war. Albert wusste, dass er niemals die Anerkennung seines Vaters erhalten würde, zumal dessen zweiter Sohn als Arzt mit Familie die Vorstellungen des Vaters in idealer Weise verkörperte.

Offenbar erinnerte sich Luise Rinnstein sehr gut an die Schuhkäufe von Alberts Familie. Nachdem die beiden ihre Höflichkeiten ausgetauscht hatten, kam ich direkt zur Sache, schließlich wollte ich endlich wissen, warum sie hier gelandet war.

»Ach, Frau Klein, das ist eine dumme Geschichte. Das ist mir alles ungeheuer peinlich.«

Sie hätte völlig unauffällig gewirkt, wäre da nicht diese Langsamkeit gewesen. Ihre Bewegungen, ihre

Sprache, ja sogar ihr Blick waren lebloser als sonst. Offenbar hatte man ihr Medikamente verpasst.

»Am Freitag vorletzter Woche fiel mir zuhause die Decke auf den Kopf. Meine Freundin Emma ist für mehrere Wochen – bis über Weihnachten – bei ihrer Tochter und deren Familie. Die Liebe hatte mich sogar eingeladen, mitzukommen, aber das erschien mir unangemessen. Also machte ich alleine einen Abendspaziergang und landete in diesem italienischen Lokal, in dem Sie und ich zusammen gewesen waren. Ich weiß nicht, was mich da geritten hat, vielleicht die Hoffnung, Sie dort zu sehen, vielleicht auch nur mich von meinen ziemlich düsteren Gedanken abzulenken.

Es waren keine Tische mehr frei, so dass ich mich zu einer Gruppe von jungen Leuten setzte. Die registrierten mich zunächst kaum, weil sie sehr in ihr Gespräch respektive ihre Handys vertieft waren, bis ihnen auffiel, dass ich aufgrund meines vorgerückten Alters nicht hierher zu passen schien.

Einer fragte mich rund heraus: »Was machsten du hier Oma?«

Höflich aber bestimmt erklärte ich dem jungen Mann, dass ich weder seine noch die Großmutter irgendeines anderen Menschen sei, was ihm Respekt abnötigte.

Schließlich kamen wir ins Gespräch, die jungen Leute luden mich zu einem Mixgetränk ein, das sie alle tranken und das trotz seiner giftigen Farbe erstaunlich gut schmeckte. Es schmeckte so gut, dass ich, entgegen meiner sonstigen Gewohnheit, mehrere Gläser davon trank. Leider hatte ich mir zuhause schon – ich gebe es ungern zu – mit einem Piccolo, den ich von Emma geschenkt bekommen hatte, ein wenig Mut angetrunken.

Na ja, Alkohol, wenn man ihn nicht gewohnt ist, ich denke, Sie können sich vorstellen, was ich meine. Um es kurz zu machen, nach einer gewissen Zeit waren wir alle am Tisch – vorsichtig ausgedrückt – ziemlich angeheitert.«

Sie machte eine Pause, trank einen Schluck von der Kaffeebrühe, die vor ihr stand und fuhr dann fort: »Als ich nach Hause wollte, bot mir eine junge Frau an, mich heimzufahren, aber ein Taxi schien mir sicherer. Es ist ja keine lange Strecke bis zu mir, aber unterwegs wurde mir derart schlecht, dass ich den Fahrer bitten musste, anzuhalten. Ich konnte gerade noch rechtzeitig aussteigen, bevor mein armer Magen sich der unglückseligen Getränkeverbindung entledigte.

Ich muss einen ziemlich mitgenommenen Eindruck gemacht haben wie ich da so neben dem Taxi stand, sonst hätte der Streifenwagen, der just in diesem Moment vorbeifuhr, sicher nicht angehalten. Die zwei Polizisten kamen auf mich zu und versuchten mir zu helfen, indem sie mich am Ellenbogen stützten. Ich fühlte mich freilich so hundeelend, dass ich nichts wollte als meine Ruhe. Darauf reagierte der eine recht unfreundlich und forderte mich auf, meinen Ausweis zu zeigen. Meine Tasche, in der der Ausweis sein musste, war im Auto. Als ich mich nach ihr bücken wollte, verlor ich das Gleichgewicht und kippte auf den Taxifahrer. Das wurde dem armen Mann augenscheinlich zu bunt, und er schrie mich ziemlich unflätig an. Ich weiß nicht mehr genau, was ich daraufhin gemacht habe, auf jeden Fall hat es die Beamten veranlasst, mich mitzunehmen. Im Wagen der Polizei bin ich wohl eingeschlafen, aber so genau erinnere ich mich nicht mehr, der Alkohol hat leider eine Gedächtnislücke hinterlassen.«

»Wissen Sie etwa nicht mehr, wie Sie hierhergekommen sind?« Luise Rinnstein ein Opfer des Alkohols, es fiel schwer, das zu glauben. Ich ertappte mich dabei, wie sich offenbar auch in meinem Kopf ein Rollenklischee eingegraben hatte, denn sicher wäre mir der Vorfall bei einem Mann ihres Alters weniger ungewöhnlich vorgekommen. Aber warum sollte eine Frau nicht auch das Recht haben, sich in der Öffentlichkeit daneben zu benehmen?

»Nein, Frau Klein, ich weiß nur noch, welch ein Schock es für mich war, als ich entdeckt habe, wo ich mich befand, zwischen all den alten Leuten in der Klapsmühle. Bitte helfen Sie mir, hier raus zukommen, die halten mich wirklich für verrückt, und wenn ich noch länger hier bleibe, werde ich es auch.«

»Die können Sie ja nicht hierbehalten, wenn Sie nicht krank sind«, versuchte Albert sie zu beruhigen.

»Wo ist denn die Krankenschwester, die an mich geschrieben hat, vielleicht könnte die uns ein paar Tipps geben, wie Sie am schnellsten entlassen werden könnten?«

»Sie hat heute keinen Dienst. Ich befürchte, sie wäre auch keine große Hilfe. Sie hält mich sicher für gestört oder hochgradig senil, sie ist nur eine mitleidige Seele, die versucht, den Alten das Leben in diesem Käfig etwas angenehmer zu machen. Deshalb hat sie wohl meine Bitte erfüllt, Sie zu informieren. Ich fühlte mich dazu nicht mehr in der Lage. Ich habe die Schwester gebeten, an Ihre private Adresse, die sie freundlicherweise im Telefonbuch heraussuchte, zu schreiben, damit Sie die Mitteilung noch vor Montag bekommen sollten. Ich hoffe, das war nicht zu aufdringlich, ich wusste mir wirklich nicht mehr anders zu helfen.«

»War schon in Ordnung so«, versicherte ich ihr.

Inzwischen hatten sich einige der alten Damen und Herrn vor der großen Glastür versammelt, die in einen angegliederten Gebäudeteil führte. Sie machten trotz ihres seltsam apathischen Erscheinungsbildes einen unruhigen Eindruck; wäre es nicht gar so absurd gewesen, hätte die Art ihres Auftretens eine Art Revolte vermuten lassen.

Luise Rinnstein bemerkte meinen fragenden Blick.

»Die wollen ins Bett, das ist jeden Tag so um diese Zeit. Ungefähr um vier Uhr nachmittags drängen sich immer einige an der Tür, die zu den Schlafräumen führt und stehen dann dort so lange herum, bis sie wieder an ihren Platz gesetzt werden.«

»Ja, dürfen denn die Leute nicht ins Bett, wenn sie wollen?«

»Oh nein, hier muss alles seine Ordnung haben, Sie verstehen, was ich meine? Morgens werden die Leute geweckt, gewaschen, angezogen und in diesen Aufenthaltsraum gesteckt. Dann werden die Schlafräume saubergemacht und gelüftet, was allerdings auch notwendig ist, denn einige der Alten machen nachts ins Bett, so dass morgens eine fürchterliche Luft in den

Zimmern ist. Meine Bettnachbarin leidet auch unter diesem Problem. Die arme Frau kann nichts dafür, aber es ist unerträglich.«

»Und was machen die Leute hier den ganzen Tag?«

»Nichts, außer auf Kommando essen und trinken, einige können nicht mal mehr das. Es wird sehr viel Wert darauf gelegt, dass die Alten tagsüber nicht auf den Zimmern sind, vielleicht soll das die ›Bewegungstherapie‹ sein. In den paar Tagen hatte ich Zeit nachzudenken, vor allem weiß ich seither, wie ungeheuer gut es mir geht, wie privilegiert ich im Vergleich zu diesen bedauernswerten Menschen bin.«

Albert signalisierte mir mit Blicken, dass er diese unwirtliche Stätte baldmöglichst zu verlassen gedachte, erhob sich von seinem Stuhl, während ich Luise Rinnstein zusagte, alles zu versuchen, um sie baldmöglichst aus diesem Gefängnis herauszuholen, gleichzeitig appellierte ich an ihre Geduld, falls es doch noch einige Tage dauern würde.

»Ich weiß, dass ich bald wieder zu Hause sein werde, denn ich bin weder so verrückt, noch so hilflos wie meine bedauernswerten Mitinsassen hier und schließlich habe ich Sie.«

Augenzwinkernd versprach sie mir »brav« zu sein, wie »man es von uns erwartet«, gab mir ihre Wohnungsschlüssel und bat mich, ihr von zu Hause Wäsche und einige Kleidungsstücke mitzubringen, nicht ohne sich tausendmal für die Umstände, die sie mir bereitete, zu entschuldigen und sich überschwänglich zu bedanken.

»Oh, bevor ich es vergesse, wie heißt denn ihr behandelnder Arzt?«, fiel mir gerade noch ein.

»Behandelnd? Nun gut, der einzige Mann im weißen Kittel, der ab und zu bei uns auftaucht, ist ein Herr Dr. Stoller. Er ist wohl für uns bzw. für die Tabletten zuständig. Heute ist er aber bestimmt zu Hause bei seiner Familie.«

Da hatte sie natürlich recht, sonntags war der Chef sicher nicht im Hause; ich musste gleich morgen einen Termin mit ihm vereinbaren.

Wir verabschiedeten uns und veranlassten eine Pflegerin, uns wieder rauszuschließen.

In ›Freiheit‹ bedurfte es keiner großen Worte; Albert und ich waren gleichermaßen betrübt über das, was wir gesehen hatten. Wenigstens hatten wir von einer Krankenschwester die Telefonnummer des Dr. Stoller mit der Versicherung erhalten, dass er morgen ganz bestimmt da sein würde.

Luise Rinnstein war angesichts ihrer misslichen Lage bewundernswert vernünftig gewesen, ich hätte in einer solchen Situation mehr Schwierigkeiten, die Contenance zu wahren. Sie war es offenbar gewohnt sich anzupassen.

Dennoch lastete die Verantwortung, sie dort quasi befreien zu müssen, schwer auf mir.

10

Montag. Noch vor meiner Sprechstunde wollte ich in Rinnsteins Wohnung die gewünschten Kleider für Luise holen. Da ich heute mit dem Auto unterwegs war, dauerte es etwas länger. Alle potenziellen Parkplätze rings ums Haus waren besetzt, die Blechkarossen standen zum Teil zweireihig. Das war schlicht der Tatsache geschuldet, dass das gesamte Stadtviertel, das ehemals als gehobenes Wohngebiet galt, inzwischen mehr oder weniger zu einem Dienstleistungszentrum verkommen war, viele Wohnungen waren als Büros zweckentfremdet und ganze Straßenzüge mit Versicherungshochhäusern zugepflastert. Die dort arbeitenden PendlerInnen fielen morgens in Schwärmen in die Oststadt ein, zogen nach Dienstschluss genauso wieder ab und hinterließen leere Gebäude. So wirkte dieser Stadtteil an manchen Stellen abends völlig ausgestorben.

Als ich mein Auto endlich losgeworden war, musste ich ein ganzes Stück gehen. Ich schloss die Haustür auf und ging die Treppen hoch in die Wohnung des Ehepaares. Luise Rinnstein hatte mir genau erklärt, wo ich alles finden würde. Aus der obersten Schublade der Kommode im Schlafzimmer holte ich einige Wäschestücke, nicht zu viel, sonst würde ihr Glaube an ein schnelles Ende ihres Aufenthalts in der Psychiatrie womöglich leiden. Dann öffnete ich die rechte Doppeltür des sechstürigen Kleiderschranks, entnahm den blauen Hosenanzug, zwei Blusen, einen grauen Rock, einen selbstgestrickten dunkelroten Pullover, ein paar Halbschuhe. Ich schloss die Schranktür wieder zu, packte alles in den kleinen Koffer, den ich in dem Schrank gefunden hatte, legte die Hausschuhe, die vor dem großen Doppelbett standen, obendrauf und machte den Koffer zu.

Bisher hatte ich nur versucht, meinen Auftrag möglichst genau zu erfüllen, doch jetzt musste ich mir meine Umgebung etwas intensiver ansehen. Es handelte sich um ein typisch deutsches Nachkriegsschlafzimmer, zwei nebeneinanderstehende, ordentlich gemachte Betten, die sich nur durch die Wolldecke unterschieden, die unter der Bettdecke des Bettes, vor dem Luises Hausschuhe gestanden hatten – ich schloss daraus messerscharf, dass es sich um ihres handelte –, hervorlugte. Zwei Nachttische, eine Wäschekommode, ein großer Schrank, einige gerahmte Bilder unterschiedlicher Kunststile an der Wand, die wie die Exponate im Wohnzimmer wie Originale aussahen, wobei ich mir nicht anmaßen würde, das beurteilen zu können.

Es juckte mich in den Fingern, ein wenig herumzustöbern, wenngleich meine gute Erziehung es mir natürlich verbot, dies ohne die Erlaubnis der hier Wohnenden zu tun, aber schließlich sollte ich den verschwundenen Ehemann wiederbeschaffen, und dazu brauchte ich Informationen.

Ich öffnete die anderen Schranktüren und inspizierte den Inhalt. Hinter den Doppeltüren links hingen Mäntel und Jacken, säuberlich getrennt in eine männliche und eine weibliche Hälfte, daneben gab es Herrenanzüge in den üblichen gedeckten Farben, auf dem Boden sehr gepflegte Männerschuhe. Hinter der mittleren Türe waren oben größere Fächer mit Hemden, unten Schubladen, die sowohl Wertsachen wie Schmuck usw. enthielten, als auch die beliebten Spitzentaschentücher und ähnliches aus dem Bereich der Verlegenheitsgeschenke. Den Inhalt hinter der rechten Doppeltür hatte ich ja bereits begutachtet. Alles wirkte ausgesprochen aufgeräumt und normal. Das Einzige, was mir beim näheren Hinsehen auffiel, war der altmodische Touch der Kleidung von Jacob Rinnstein. Während sie offenbar auf sportlich bis dezent modisch setzte, hatte er ein Faible für das gediegen Konservative. Fast war ich froh, wenigstens eine kleine Disharmonie zwischen den beiden entdeckt zu haben.

Ich schloss die Schränke und begab mich mit dem Koffer zur Couch ins Wohnzimmer. Schließlich konnte ich meinen Anruf auch hier erledigen.

Auf dem Telefontischchen lagen einige Kontoauszüge der Sparkasse.

Ich wählte die Nummer, die ich gestern erhalten hatte.

»Forum für Psychische Krankheit, Abteilung Gerontopsychiatrie, guten Tag«, meldete sich die Stimme einer Frau.

»Guten Morgen, mein Name ist Klein, ich möchte gern Herrn Dr. Stoller sprechen.«

»In welcher Angelegenheit?«, fragte mein namenloses Gegenüber.

»Es geht um seine Patientin Luise Rinnstein.«

»Sind Sie mit der Patientin verwandt?«

»Nein, ich bin ihre Therapeutin«, antwortete ich nicht ganz wahrheitsgemäß.

»Einen Moment bitte.« Die Leitung wurde unterbrochen.

Nach ein paar Minuten wurde ich wieder eingeschaltet und die Namenlose meldete sich zurück.

»Frau Klein, der Herr Doktor ist in einer Besprechung, kann ich etwas ausrichten?«

Auf deutsch gesagt, er wollte nicht mit mir sprechen, aber so schnell gab ich nicht auf.

»Es wäre sehr nett von ihm, wenn er mich zurückrufen würde. Während meiner Sprechstunde kann ich leider nicht ans Telefon gehen, aber er könnte versuchen, mich in der Mittagspause zwischen 14 und 15 Uhr zu erreichen, ich rufe auch gerne zur jeweils vollen Stunde zurück, wenn er mir mitteilt, wann er zu erreichen ist.«

»Ich gebe das dem Herrn Doktor weiter, kann aber nichts versprechen.«

»Vielen Dank. Sie können Ihrem Herrn Doktor auch gerne mitteilen, dass ich spätestens am Mittwochnachmittag selbst ins FPK kommen und Frau Rinnstein mit nach Hause nehmen werde.«

»Nun, das müssten Sie dann mit dem Herrn Doktor selbst besprechen. Auf Wiederhören.«

Ich griff nach den vor mir liegenden Kontoauszügen. Sie enthielten die Abrechnung für einen ganzen Monat, genau vom 15. Oktober bis 15. November. Ich überflog die einzelnen Eintragungen, konnte jedoch nichts Ungewöhnliches feststellen. Das meiste waren

Daueraufträge und Abbuchungen, deren Verwendungszweck angegeben war, größere Summen tauchten mit Ausnahme eines Betrages über 950 Euro für Miete nicht auf. Zwei Barabhebungen über vierhundert Euro vom 18. Oktober und zweiten November direkt bei der Bank waren die einzigen unklaren Posten. Aber da zu vermuten war, dass auch Rinnsteins nicht nur von Luft und Liebe leben konnten, handelte es sich vermutlich um das Geld, das sie für ihren Lebensunterhalt brauchten.

Ich schnappte das Köfferchen, verließ das Haus und leerte draußen den Briefkasten, der im wesentlichen überflüssige Reklame enthielt. Zwei Stadtteilwerbeblättchen, Möbel- und Kaufhausprospekte warf ich gleich in den vollen Altpapiercontainer, der praktischerweise neben den Briefkästen stand. Die an Luise Rinnstein adressierten Briefe vom Postscheckamt Ludwigshafen, den ebenfalls für sie bestimmten Katalog eines Versandwarenhauses und das etwas größere Kuvert für Jacob Rinnstein von der Stadtverwaltung Mannheim nahm ich mit.

Ich war schon am Auto, als mich das dringende Bedürfnis überkam, noch einmal zurückzugehen. Koffer und Briefe legte ich auf die Rückbank. Vielleicht war das heute die letzte Gelegenheit, ungestört herumschnüffeln zu können. Eine halbe Stunde blieb mir noch, bevor die erste Patientin vor meiner Praxis stehen würde, das musste reichen. Hatte Luise Rinnstein nicht etwas von einem Dachboden erwähnt, auf dem sie ein Photo von ihrem Mann suchen wollte? An dem Schlüsselbund, den sie mir gegeben hatte, waren nur die beiden Schlüssel für Haus- und Wohnungstür. Ich begab mich also erneut in die Rinnsteinschen Gemächer und machte mich auf die Suche nach dem Speicherschlüssel. Ich wurde schnell fündig, war doch gleich hinter der Tür ein Schlüsselkästchen angebracht. Ich nahm alle Schlüssel mit und stieg die Treppe nach oben. Mit einem der größeren Schlüssel ließ sich mühelos die Eisentür öffnen, dahinter befanden sich etliche Lattenverschläge, die bis auf einen nahezu leer waren. Ich fischte einen kleinen Schlüssel aus meiner Sammlung und schloss das daran angebrachte Ringschloss auf. Ein alter Schrank schien mir am interessantesten zu sein. Er enthielt im Wesentlichen Aktenordner, die sich ziemlich ähnlich sahen. Vermutlich handelte es sich um alte Unterlagen aus dem Schuhgeschäft. Ich nahm einen heraus und überflog die abgehefteten Papiere. Viel konnte ich nicht damit anfangen, aber es handelte sich offensichtlich – wie ich vermutet hatte – um geschäftliche Korrespondenz. Im Briefkopf stand in fetten Lettern gedruckt ›Jacob Rinnstein‹. Ganz unten auf dem Schrankboden waren einige Schuhkartons, die etwas vielversprechender aussahen. Im ersten befanden sich drei zwar alte, aber gut erhaltene Photoalben. Beim Durchblättern lernte ich die gesamte Verwandtschaft und Bekanntschaft der Eheleute kennen, Photos von Kindstaufen, Konfirmationen und anderen Familienfesten. Die Bildergalerie endete mit dem Hochzeitsbild von Jacob und Luise, ein wirklich schönes Paar. Eine zweite Schuhschachtel barg nichts als Postkarten. So weit ich das beurteilen konnte, waren alle Kontinente vertreten, mit Ausnahme der USA, da fehlte den beiden also noch ein wichtiger Teil der Welt.

Ich hätte mich hier noch geraume Zeit verweilen können, aber meine Praxis rief.

Ich schloss hinter mir ab, hängte die Schlüssel in das Kästchen - hoffentlich hatten die nicht einen festen Platz, sonst würde meine Klientin gleich merken, dass ich in ihrer Abwesenheit herum gestöbert hatte - und ging zurück zum Auto.

11

Freundlicherweise hatte Albert angeboten, Luise Rinnstein ihren Koffer zu bringen und holte ihn in der Mittagspause ab. In der Hoffnung so eher Auskünfte zu erhalten, drückte ich ihm noch ein Formular, mit dem meine Klientin ihren behandelnden Arzt von der Schweigepflicht entbinden konnte, in die Hand, ihre Post würde ich ihr persönlich übergeben.

Anschließend raste ich zum Stadtarchiv – hier hatte ich weniger Probleme, meinen fahrbaren Untersatz loszuwerden –, dafür erwartete mich im Inneren ein unübersichtliches Terrain. Kürzlich hatte es in den Räumen des *Collinicenters*, das die Stadt vor circa zwei Jahrzehnten vom Erbauer übernommen hatte, um eine Pleite zu verhindern und vor allem weil sich kein anderer Investor gefunden hatte, einen größeren Wasserschaden gegeben; außerdem war der gesamte Komplex aus Sicherheitsgründen – damit keine Brocken der maroden Fassade auf PassantInnen fallen konnten – komplett eingerüstet und mit einem Schutznetz verhängt. Wohlgemerkt, es handelte sich bei dieser Beinaheruine um das ›technische Rathaus‹ der Stadt. Obwohl ich mich und mein Anliegen telefonisch angemeldet und die nette Dame mir den Weg beschrieben hatte, musste ich diverse Hindernisse überwinden, bevor ich vor dem Lesesaal stand. Wenig einladend und heruntergekommen erschien die Eingangshalle im Erdgeschoss. Das die Flanke einnehmende ehemalige ›Spaßbad‹ war nur kurz in Betrieb gewesen und nach zweitem Anlauf erneut seit vielen Jahren trockengelegt. Die Glasfront erlaubte den unverstellten Blick auf künstliche Palmen und das gesamte Interieur des einstigen Wellnesstempels. Ein Schild am Eingang der *Kurpfalztherme* im ersten Obergeschoss verriet mir die nicht mehr ganz aktuellen Eintrittspreise: von 9.00 Uhr bis 16.00 Uhr kostete der Spaß 19 DM, während er in den Abendstunden (16 bis 24 Uhr) für 25 DM zu haben war. Auch die 10er Karte trennte in früheren (170 DM) und späteren (225 DM) Termin.

Nach diesem Einblick in ein städtebauliches Museum suchte ich weiter nach dem Stadtarchiv. Zunächst stand ich vor dem falschen Eingang im Erdgeschoss (»nur für Personal«), dann versuchte ich es über die Treppe in der Mitte des Foyers, dort erfuhr ich, dass ich hier zwar richtig, aber auch dieser Eingang nur für Personal sei und ich zurück in den ersten Stock müsse, was ich tat und dort den Besuchereingang fand, in dem zerberusgleich eine Mitarbeiterin hinter einem Riesentresen thronte, von wo aus sie mich – während sie telefonierte – streng musterte, aber mir letztlich – nachdem ich ihr verraten hatte, wo ich hinwollte – doch die Tür zum Gang vor dem Fahrstuhl elektronisch entsperrte. Das Procedere schien mir nicht ganz den heutigen Gepflogenheiten der auch in der Stadt Mannheim eingeführten ›Kundenfreundlichkeit‹ zu entsprechen und ich fragte mich, wer hier von was abgeschreckt werden sollte. Jedenfalls erreichte ich mein Ziel im frisch renovierten zweiten Obergeschoss nach weiteren Fehlläufen in dem unübersichtlichen Gangsystem und wurde von zwei Mitarbeiterinnen freundlich empfangen. Ich füllte ein Formular aus, versicherte, dass ich bereit war acht Euro zu zahlen und meine Jacke und Tasche im Spind einzuschließen und wurde dann in das System eingeführt. Ein Teil der Dokumentation war auch von außerhalb über das Internet abrufbar. Ab 2006 waren die Unterlagen digitalisiert. Die alten Zeitungsjahrgänge, so auch das Archiv des Mannheimer Morgen, standen als PDF-Dateien zur Verfügung. Ich begann auf gut Glück mit dem Jahrgang 1995 und blätterte Seite für Seite durch, ein mühevolles Unterfangen. Allerdings war ich Querlesen gewohnt, zumal ich mich ja nur auf die Überschriften konzentrieren musste.

Im Mai 1995 wurde ich schließlich fündig: »Flügel für Mannheimer Gymnasium« stand da – wie Gerd vermutet hatte – als Aufmacher auf der ersten Lokalseite des Mannheimer Morgen und darunter »Jacob-Rinnstein-Saal eingeweiht«. Dem Text entnahm ich, dass im Beisein zahlreicher Ehrengäste, vorwiegend Politprominenz – sogar der Kultusminister von Baden-Württemberg hatte seinen Staatssekretär geschickt – dem Spender Jacob Rinnstein, nicht ohne dessen große Leistungen »als Geschäftsmann und als Mensch« in glühenden Farben zu würdigen, gedankt und der Musiksaal des mit dem teuren Flügel bedachten Gymnasiums »fortan zur Erinnerung an die großherzige Spende Jacob-Rinnstein-Saal heißen soll.«

Aus der Bildunterschrift ging hervor, wer in der Mitte der ersten Reihe Platz genommen hatte, der Oberbürgermeister, der schon erwähnte Staatssekretär und dazwischen »Luise Rinnstein, die in Vertretung ihres erkrankten Gatten an der Feier teilnahm.«

Vergeblich hatte ich gehofft, endlich mal ein etwas jüngeres Portrait des Verschwundenen zu sehen, ausgerechnet bei seiner großen Ehrung war er krank gewesen. Welch eine Enttäuschung!

12

Am Mittwoch machte ich mich nach meiner Sprechstunde um 13 Uhr auf den Weg ins FPK. Der »Herr Doktor« hatte nicht zurückgerufen, ich hatte meinen Besuch für 14 Uhr angekündigt und würde versuchen, ihn direkt vor Ort zu überfallen. Unterwegs hatte ich mich an einer Butterbrezel gelabt; meine Ernährung war auch schon besser.

Nahezu pünktlich kam ich in seinem Vorzimmer im Hauptgebäude an.

»Der Herr Doktor erwartet Sie«, begrüßte mich, nachdem ich mich vorgestellt hatte, die Sekretärin, die ihren Namen immer noch für sich behielt.

Im Sprechzimmer streckte mir ein etwa vierzigjähriger, nicht unsympathisch wirkender Mann grüßend die Hand entgegen. Nachdem wir zwei, drei Höflichkeitsfloskeln ausgetauscht hatten, kam ich zur Sache, indem ich ihm klarmachte, dass ich zum einen vollständige Aufklärung darüber erwartete, wie meine »Patientin« hierhergekommen sei und ich sie zum anderen nach diesem Gespräch mit nach Hause nehmen würde. Er lächelte mich freundlich an und versicherte mir, alles zu erzählen, was er wusste.

»Die Patientin wurde vorletzte Woche – dabei blickte er in die Akte, die vor ihm lag –, in der Nacht von Freitag auf Samstag hier hergebracht. Da ich selbst Bereitschaftsdienst hatte, konnte ich sie gleich begutachten. Sie war stark alkoholisiert und machte einen verwirrten Eindruck. Die Polizisten hatten sie zu uns gebracht, weil sie Frau Rinnstein aufgrund ihres Verhaltens für selbstmordgefährdet hielten. Offenbar hatte sie im Streifenwagen von Mord oder Selbstmord geredet – die Beamten waren sich in dieser Frage nicht ganz einig –, außerdem hatte sie Wahnideen im Zusammenhang mit ihrem Ehemann geäußert.«

»Wahnideen?«, unterbrach ich ihn.

»Ja, so würde ich das interpretieren, wenn jemand mit einem anderen redet, der gar nicht da ist, und ihn gleichzeitig beschuldigt, für alles verantwortlich zu sein. Mehr kann ich Ihnen dazu nicht sagen, Polizisten sind keine Psychiater, aber auf jeden Fall war es so, dass die Beamten die Frau nach Hause gebracht haben – die Adresse hatten sie noch von dem Taxifahrer erfahren, von dem sie sie übernommen hatten –, fanden dort aber niemand vor, obwohl Frau Rinnstein behauptete, ihr Mann wäre da und auch mit ihm, der nicht zu sehen und zu hören war, sprach und das ganze wohl unter heftigen Tränenausbrüchen. Zur Sicherheit der alten Dame nahmen sie sie wieder mit, zumal sie nicht mehr aufrecht stehen konnte, was sie übrigens ohne Widerspruch duldete und brachten sie zu uns. Ich nahm sie zur Beobachtung bei uns auf, da ich genau sowenig wie die Polizei Suizidgefahr ausschließen konnte«, schloss er.

»So gut, so schön oder auch nicht«, entgegnete ich, »warum haben Sie sie aber am nächsten Tag nicht nach Hause geschickt? Sie müssen doch gemerkt haben, dass ihr nichts weiter fehlte, als dass sie einen über den Durst getrunken hatte«.

»Das Problem war, dass sie am nächsten Morgen, nachdem sie aufgewacht war, regelrecht randalierte. Sie befolgte nicht die Anweisungen des Personals, schrie auf der Station herum, schlug mit den Fäusten an die Türen und bedrohte unsere Krankenschwestern. Es blieb uns nichts anderes übrig, als ihr eine Beruhigungsspritze zu geben«.

»Vielleicht hätte es ja auch ein Gespräch getan. In der Situation, in der ein Mensch sich plötzlich eingesperrt auf Ihrer Station wiederfindet, wäre es doch wohl auffälliger, wenn er nicht randalieren würde.«

»Liebe Frau Klein, wir tun hier nur unsere Pflicht. Wir haben oft die traurige Aufgabe, die Leute vor sich selbst zu schützen, aber auch dafür zu sorgen, dass ein reibungsloser stationärer Ablauf möglich ist. Zudem haben wir viel zu wenig Pflegepersonal und können uns daher nicht jedem Einzelfall so widmen, wie es ohne jeden Zweifel wünschenswert wäre. Was würden Sie tun, wenn ein alter Mensch auf der Station die Mitpatienten belästigt, sich ständig einkotet oder ins falsche Bett geht. Wenn wir die Türen nicht verschließen würden, könnten unsere Schwestern den ganzen Tag hinter den orientierungslosen Alten herlaufen. Viele sind tatsächlich wie kleine Kinder. Wir sind hier oft die letzte Auffangstation, wenn alle anderen Möglichkeiten versagen. Manche verzweifelte Angehörige, die ihre dementen Eltern oder Großeltern selbst betreuen, lassen sie im Sommer oder vor Weihnachten bei uns einweisen, um in Ruhe ein paar Tage für sich zu haben oder in Urlaub fahren zu können. Aber wir sind kein Luxushotel.«

»Ich verstehe Ihre Situation und es mag sein, dass Sie in allen anderen Fällen Recht haben, aber bei Luise Rinnstein liegen Sie falsch. Ich kenne sie als Psychotherapeutin sehr gut und kann ihre psychische Situation beurteilen. Sie ist geistig wie körperlich vollkommen gesund, deshalb nehme ich sie jetzt mit nach Hause.«

»Aha, da Sie selbst Psychologin sind, wissen Sie, dass fast jeder Mensch in Ausnahmesituationen, z.B. bei Verlust eines geliebten Menschen, in Suizidgefahr geraten kann«, konterte er, »genau das scheint mir bei Luise Rinnstein der Fall zu sein. Als ich am Montag ein Gespräch mit ihr hatte, erzählte sie mir, dass sie kürzlich ihren Mann verloren habe. Im Zusammenhang mit seinem Tod leidet sie unter erheblichen Schuldgefühlen, ja sie sprach sogar von Mord. Außerdem habe ich sie gründlich körperlich untersucht und dabei unter anderem eine nicht unerhebliche Herzmuskelschwäche festgestellt.«

»Herr Dr. Stoller, erstens ist der Mann dieser Frau nicht tot, sondern verschwunden. Wahrscheinlich hat sie als Folge der Medikamentierung ein wenig phantasiert; das ist völlig normal, und zweitens ist eine Herzmuskelschwäche wohl kaum ein Grund, sie in die Psychiatrie einzuweisen.« Ich fand mich ausgesprochen überzeugend, leider nicht so mein Gegenüber.

»Sehr verehrte Frau Klein, ich kann die Verantwortung für die Entlassung der Patientin in ihrem momentanen Zustand auf keinen Fall übernehmen und jetzt entschuldigen Sie mich bitte, ein Patient wartet.«

Ich musste mich kurzfristig geschlagen geben. Wäre

dies hier ein normales Krankenhaus gewesen, hätte ich mir meine Luise unter den Arm geklemmt und wäre gegangen, was angesichts der in diesem Gebäude notwendigen Auf- und Abschließorgien leider nicht so einfach war. Ich ging hinüber zur Station, ließ mich reinschließen und hielt nach meiner Klientin Ausschau. Diesmal saß sie in der Nähe des Eingangs und schien schon auf mich gewartet zu haben. Sie machte einen entschieden wacheren Eindruck als am Sonntag.

Ich entschuldigte mich dafür, dass ich jetzt erst kommen konnte, übergab ihr den Inhalt ihres Briefkastens und erkundigte mich, ob sie heute keine Medikamente bekommen habe.

»Doch, aber ich habe die künstlichen Blumen damit gedüngt«, erzählte sie stolz mit Blick auf die umwerfend geschmackvollen Plastikblumenarrangements in der Mitte des Raumes.

Ich schilderte ihr meinen Vorstoß bei Dr. Stoller und – zugegeben etwas abgeschwächt – seine Argumentation.

»Ich und selbstmordgefährdet, so ein Quatsch«, entrüstete sie sich, »ich habe ihm am Montag schon in aller Deutlichkeit meine Meinung gesagt. Ein schwaches Herz habe ich schon seit mindestens vierzig Jahren und ganz gut damit gelebt.«

»Herr Stoller behauptet, Sie hätten davon geredet ihren Ehemann ermordet zu haben, die Polizei sagt das auch. Erinnern Sie sich daran?«

»Nein, so war das nicht. Ich war, auch wenn es mir schwerfällt, das zuzugeben, ziemlich betrunken in der Nacht und habe denen vermutlich davon erzählt, dass

Jacob verschwunden ist. Ich erinnere mich, im Scherz diesen Arzt gefragt zu haben, ob er mir zutrauen würde, dass ich meinen Mann um die Ecke gebracht habe. Ich konnte ja nicht ahnen, dass er so ein Korinthenkacker ist, der jedes Wort auf die Goldwaage legt, und mit einem kleinen Späßchen nichts anfangen kann.«

»Oh, bei Psychiatern müssen Sie vorsichtig sein. Die hören nicht, was sie hören sollen, sondern was sie hören wollen, und das Interpretieren gehört quasi zum Beruf.«

»Gut, dass Sie mir das sagen, nächstes Mal werde ich meine Worte strategisch planen«, grinste sie mich an und öffnete den Brief der Stadtverwaltung.

Nicht, dass ich neugierig war, aber ich hätte schon gerne gewusst, was darin stand. Luise Rinnstein schien Gedanken lesen zu können.

»Jacob und ich haben keine Geheimnisse voreinander. Ich öffne seine Briefe und umgekehrt. Der Brief hier ist vom Oberbürgermeister, der sich für unsere Bilderspende bedankt und mitteilt, er ginge davon aus, dass die Bedingungen, die Jacob gestellt hat, die Bilder nämlich in einer Halle im Luisenpark auszustellen, höchstwahrscheinlich vom Gemeinderat gebilligt würden.«

Ich behielt mein Wissen über diese Sache für mich und verlieh stattdessen meiner Verwunderung über die großzügige Gabe Ausdruck: »Es geht mich zwar nichts an, aber es scheint sich ja um eine ziemlich wertvolle Sammlung zu handeln?«

»Nun ja, wertvoll ist sicher übertrieben. Es sind einige Bilder, die wir vor vielen Jahren gekauft haben, als die Künstler noch völlig unbekannt, aber wie Jacob glaubte, vielversprechend waren. Er hatte ein Gespür dafür. Sie haben heute einen nicht unbeträchtlichen Wert, der möglicherweise noch steigen wird, wir haben damals nur einen Bruchteil dafür bezahlt.«

»Aber, entschuldigen Sie meine Neugier, wieso vermachen Sie die guten Stücke der Stadt?«, hakte ich nach.

»Zugegeben ist das bei Jacob in erster Linie Eitelkeit. Ihm gefällt es, wenn sein Name im Zusammenhang mit sogenannten guten Taten genannt wird, eine seiner wenigen Schwächen.«

»Ein Freund hat mir erzählt, dass Ihr Mann in den neunziger Jahren einem Mannheimer Gymnasium einen teuren Flügel geschenkt hat. Hat er so was denn noch öfter gemacht?«

»Ihr Freund ist gut informiert. Ja, Jacob hatte damals von einer ehemaligen Kundin erfahren, dass in der betreffenden Schule kein adäquater Musikunterricht stattfinden konnte, weil nur ein uraltes Klavier existierte, auf dem zu spielen sich die Lehrer weigerten. Also beschloss er, einen größeren Betrag unseres gesparten Geldes dafür zu verwenden, dem Gymnasium einen brauchbaren Flügel zu kaufen. Danach haben wir zwar einige kleinere Beträge, aber nie mehr in einer derartigen Größenordnung gespendet. Leider gibt es in unserem schönen Mannheim sehr vieles das kaputt ist oder fehlt, nur die dafür nötigen Summen gab unser bescheidenes Vermögen schlichtweg nicht her. Zudem wollten wir uns ab und an eine größere Reise leisten, davon habe ich Ihnen ja schon erzählt.«

Eine Krankenschwester kam und stellte wortlos einen Becher Kaffee oder Tee – so genau ließ sich die trübe Brühe nicht definieren – vor Luise Rinnstein hin und erinnerte uns mit ihrem Erscheinen an das kleine Problem, das wir hatten.

Immer noch war ich, wie letztes Mal, die einzige Besucherin hier. Offensichtlich hatten die Angehörigen die alten Leute einfach abgeschrieben. Eine trostlose Vorstellung.

Ich versicherte meiner Klientin nochmals, alles zu versuchen, sie schnellstens aus dieser urgemütlichen Umgebung rauszuholen und hatte auch schon eine Idee, wie mir das mit tödlicher Sicherheit gelingen würde.

Fast hätte ich erneut vergessen, nach ungewöhnlichen Kontobewegungen zu fragen, dachte aber noch rechtzeitig daran, weil mein Blick auf die ungeöffneten Briefe vom Postgiroamt fiel.

Luise Rinnstein öffnete sie und verneinte meine Frage. Sie erwähnte auch das Konto bei der Sparkasse, in das ich mir ja schon Einblick verschafft hatte, und versicherte mir, dass sie nichts Besonderes feststellen könne, alle Beträge hätte sie höchstpersönlich angewiesen. Die einzige Möglichkeit, die sie in Erwägung zog, war, dass in den anderthalb Wochen, in denen sie in der Psychiatrie weilte, etwas von ihrem Sparkassenkonto abgegangen sei, weil sie dort die Abrechnungen nur einmal im Monat, jeweils nach dem fünfzehnten zugeschickt bekäme. Sie versprach mir, gleich nachdem sie wieder zu Hause sein würde, bei der Bank nachzufragen.

13

Für den Abend verabredete ich mich mit Isodora Winter, einer ›freien‹ Journalistin, die in einem Pressebüro arbeitete und sich mit Texten für Werbebroschüren über Wasser hielt. Wir hatten uns kennengelernt, als sie gemeinsam mit Albert an einem Auftrag gearbeitet hatte. Aus Heidelberg kommend, versuchte sie vor allem im Rhein-Neckar-Raum ihr Brot zu verdienen.

Ich hatte Isodora zu uns zum Essen eingeladen, nach meinem Besuch im FPK hatte ich noch Zeit, um in Ruhe einzukaufen und die vegetarische Lasagne – nach eigenem Rezept – sowie eine große Schüssel gemischten Salat zuzubereiten.

Isodora kam pünktlich um acht. Albert hatte telefonisch mitgeteilt, dass es heute bei ihm später werden würde. Beim Essen erzählte ich ihr von meiner völlig gesunden Klientin in der Klapse, nicht ohne zu betonen, um welch bekannte Mannheimer Persönlichkeit es sich bei ihr bzw. ihrem Mann, dessen Verschwinden ich ihr gegenüber unerwähnt ließ, handelte.

Isodora fing wie ich erwartet hatte Feuer und versprach, Luise Rinnstein zur schnellen Freiheit zu verhelfen. Sie hielt es nicht für ausgeschlossen, dass sie die Reportage über die Zustände in der Gerontopsychiatrie einer Zeitung im Rhein-Neckar-Raum verkaufen konnte.

Beim kalorienhaltigen Nachtisch – es gab Sahnebeerenquark mit Sahne – zogen wir gemeinsam bzw. abwechselnd die einseitige Berichterstattung in unserer Region durch den Kakao, ein Thema, das uns, wenn auch aus unterschiedlicher Perspektive, verband. Sie hatte als Journalistin die Redaktionen und diverse KollegInnen selbst erlebt, ich kannte die frustrierenden Erfahrungen aus den Erzählungen meines Gefährten in seiner stadträtlichen Funktion. Manche kommunalpolitisch agierenden Personen wurden von den örtlichen Medien offen gesponsert und hofiert, andere konsequent ignoriert.

Trotz des ernsten Anlasses verbrachten wir einen überaus amüsanten Abend, bis sich Isodora gegen halb zwölf auf den Heimweg machte, mir hoch und heilig versprechend, gleich morgen früh in Aktion zu treten.

Ja, mein lieber Albert war noch nicht zu Hause. Ob sein Kunde wieder eine Kundin war?

Hatte sie ihn diesmal ›herumgekriegt‹? Die Vorstellung verunsicherte mich. Plötzlich wurde mir bewusst, wie selbstverständlich mir mein Gefährte geworden war. Unsere Beziehung war abgekühlt, nicht nur sexuell. Ich dachte daran wie eine Patientin die Situation in ihrer Ehe beschrieben hatte: »Ich fühle mich wie ein Fernseher, der in der Ecke steht und darauf wartet, dass er bei Bedarf angeschaltet wird«. War Albert für mich zum Fernseher geworden oder ich für ihn?

Um 11 Uhr, ich hatte gerade zwei Minuten zwischen meinen Sitzungen, meldete sich Isodora telefonisch.

»Also, ich hatte, glaube ich, durchschlagenden Erfolg. Gleich heute früh habe ich diesen Dr. Stoller bzw. natürlich zunächst seine Sekretärin angerufen und angekündigt, eine Reportage über die Behandlungsmethoden auf der Gerontopsychiatrie für eine große regionale Zeitschrift schreiben zu wollen, das Thema wäre momentan von großem Interesse, die Alten würden immer älter bla bla bla und er sei ja einer der wenigen, die sich überhaupt mit psychischen Problemen des Alters befassen würde usw. Zunächst schien er durchaus geschmeichelt, was sich aber schlagartig änderte, als ich ihm mitteilte, in diesem Zusammenhang nicht nur ihn selbst, sondern auch einige seiner PatientInnen interviewen zu wollen, insbesondere die in Mannheim sehr bekannte und hochgeschätzte Frau Rinnstein, die, wie ich erfahren hätte, auch auf seiner Station sei. Ich konnte ihn am Telefon regelrecht platzen sehen, worauf er betont kühl erwiderte, er könne aus datenschutzrechtlichen Gründen keine Patienteninterviews erlauben. Ich bedankte mich für sein Entgegenkommen und legte auf. Aus der Story wird so zwar erst mal nichts, aber deine Luise kriegst du bestimmt umgehend zurück.«

Auf Isodora konnte frau sich verlassen. Sie hatte beim Herrn Psychiater den richtigen Nerv getroffen.

Kaum hatten wir uns verabschiedet, klingelte es erneut und das »Sekretariat Dr. Stoller« war am Apparat. Höflich, aber keinen Widerspruch duldend, teilte mir mein anonymes Gegenüber mit, dass der Herr Doktor die Patientin Rinnstein heute morgen entlassen und Frau Rinnstein sie gebeten habe, mir mitzuteilen, dass ich sie abholen solle.

Ich machte ihr klar, dass das während meiner Sprechstunde nicht ginge, ich aber jemanden schicken würde.

Ich überlegte, wen ich um diese Zeit bitten könnte, Luise Rinnstein abzuholen. Am einfachsten wäre es gewesen, sie hätte sich ein Taxi genommen – leisten konnte sie sich das ja – aber es war auch verständlich, wenn sie nach ihren Erlebnissen von vorletzter Woche dazu keine Neigung verspürte.

Ich rief also Albert an, der inzwischen zu Hause war, und er erklärte sich ohne viel Worte bereit, mir diesen ›Liebesdienst‹ zu erweisen, nachdem ich ihm von der Aktion unserer gemeinsamen Bekannten erzählt hatte.

Diese Sorge war ich los, aber für die Wiederbeschaffung des Ehemannes sah ich nach wie vor keine Perspektive. Vielleicht würde er ja, wenn er tatsächlich so eitel war, wie seine Frau angedeutet hatte, zur Einweihung der Ausstellungshalle für seine Bilder in den Luisenpark kommen? Irgendwie hatte ich das merkwürdige Gefühl, dass der gute Mann gar nicht so weit weg war und möglicherweise die Aktionen seiner Frau und ihrer dilettantischen ›Detektivin‹ heimlich beobachtete. Mich schauderte.

Oder hatte sie ihn am Ende wirklich umgebracht? Seit der Psychiater mir die ›Mordgeschichte‹ erzählt hatte, beschlichen mich leise Zweifel an der Ehrlichkeit meiner Klientin. Schließlich heißt es ja ›in vino veritas‹ oder ›Betrunkene sagen die Wahrheit‹. Aber warum um Himmels willen sollte sie mich engagiert haben, wenn sie selbst für das Verschwinden ihres Mannes verantwortlich war? Das machte wenig Sinn.

Von welcher Seite ich die Sache auch betrachtete, sie blieb höchst mysteriös. Selbst wenn Jacob Rinnstein, aus welchen Gründen auch immer, seine Frau verlassen hatte, so hätte er sich nach so langen glücklichen Jahren wenigstens mal melden können. Jede Theorie war letztlich voller Widersprüche.

In der Mittagspause rief Luise Rinnstein von zu Hause aus bei mir an, bedankte sich überschwänglich – Albert hatte ihr von Isodoras Einsatz erzählt – und lud mich für abends zum Essen ein. Ich musste ihr leider absagen, da ich mich meinerseits schon mit Albert verabredet hatte, ich hielt es für angesagt, mal wieder einen Abend zusammen zu verbringen.
»Haben Sie nochmal die Kontobewegungen kontrolliert?«
»Ja, Frau Klein, aber es wurde nichts abgehoben«, antwortete sie und fügte nachdenklich hinzu: »Von was er nur lebt – falls er noch lebt.«
»Hat er eine Kreditkarte?«
»Aber nein, wo denken Sie hin, dieses neumodische Plastikgeld ist nichts für uns alten Leute, wir zahlen bar oder überweisen das Geld. Bei uns bin ich die Finanzministerin. Jacob bekommt von mir seine zweihundert Euro Taschengeld im Monat und wenn er mehr braucht, sich was kaufen will, dann kommt er zu mir. Er wollte mit Geld nie was zu tun haben. Seit wir den Laden nicht mehr haben, besitzen wir genau die zwei Konten, von denen ich Ihnen erzählt habe, für beide habe ich EC-Karten und die sind noch da. Ich habe Ihnen doch schon gesagt, dass Jacob nicht der

Mann ist, der seine Frau verlässt und dann das gemeinsame Geld verjubelt.«

Nun gut, das war es also nicht. Was mich ein wenig erstaunte, war der emotionslose Ton, mit dem sie darüber sprach, schließlich musste doch auch ihr klar sein, dass ein erwachsener Mensch nicht fast ohne Geld und noch dazu ohne Kleidung zum Wechseln wochenlang auskommen konnte. Da gab es nur zwei Möglichkeiten: Entweder er hatte irgendwo gute Freunde und endlos Kredit bei ihnen, eine doch höchst unwahrscheinliche Hypothese, wenn er wirklich ein so zurückgezogener Mensch war, wie seine Frau ihn geschildert hatte, oder – umsonst ist der Tod – er weilte nicht mehr unter den Lebenden. Im Gegensatz zu unserem ersten Zusammentreffen ging Luise Rinnstein mit dem Verschwinden ihres Mannes mittlerweile ausgesprochen rational um, ja genaugenommen erwähnte sie es kaum, obwohl das doch der einzige Grund war, weshalb sie mich angeheuert hatte.

Ich versprach, in den nächsten Tagen bei ihr vorbeizuschauen. Das reichte ihr ganz offensichtlich nicht, aber ich machte ihr klar, dass ich vor Weihnachten sehr viel Arbeit in der Praxis hatte.

Nach zehn Stunden konzentrierter Arbeit freute ich mich auf das Essen in der Pizzeria, zu dem ich Albert eingeladen hatte, wenngleich der Anlass eher unerquicklich war.

Obwohl ich Jammerei zutiefst verabscheue, weil ich der Meinung bin, dass Selbstmitleid von der Beseitigung der Ursachen abhält, bekam mein Gegenüber eine Breitseite davon ab. Ich war am Ende meiner Kräfte und sah das Land um den Berg von Problemen, um die ich mich kümmern sollte, nicht mehr.

»Mein Gott, Monika, du musst dir endlich mal etwas mehr Zeit für dich gönnen. Du kannst doch nicht den ganzen Tag arbeiten, und die dazwischen nicht vorhandenen Lücken als Hobbydetektivin füllen. Hast du heute denn überhaupt schon was gegessen?«

»Mein Müsli heute morgen«, bemerkte ich kleinlaut.

»Du spinnst doch. Du vernachlässigst dich bzw. die einfachsten und natürlichsten Bedürfnisse, die dein Körper hat (Albert war auf dem Gesundheitstrip!), und wunderst dich, wenn du in den Seilen hängst. Menschenskind, selbst eine Maschine läuft doch nicht ohne Öl! Denk an den Spruch vom gesunden Geist im gesunden Körper, das gilt auch für dich«, steigerte er sich in seinen Vortrag hinein, »ich will dir ja nicht zu nahe treten, aber so nebensächliche Dinge wie Emotionalität und Sex stehen nicht zufällig auf deinem Stundenplan?«

Das war zwar ziemlich direkt, aber wo er Recht hatte, hatte er Recht. Ich hatte mir viel zu wenig Zeit gegönnt für die angenehmen Dinge des Lebens. Die Frage war allerdings nicht nur wann, sondern auch mit wem. Schließlich glänzte mein lieber Mitbewohner gerade in letzter Zeit häufig mit Abwesenheit und eine halbwegs funktionierende Beziehung benötigte Pflege von beiden Seiten.

Damit waren wir bei dem anderen Thema: »Wo hast du die Nacht verbracht?«

»Gut, du hast recht, ich war tatsächlich wieder bei dieser Kundin, und wir haben auch wieder Wein getrunken. Aber da ist nichts, du brauchst dir keine Sorgen zu machen. Die Frau erinnert mich in ihrer Lebendigkeit an meine Mutter, obwohl sie viel jünger ist. Vielleicht fühle ich mich daher etwas zu ihr hingezogen, aber keine Angst, ich habe auch diesmal auf dem Sofa geschlafen.«

»Lebendigkeit? Deine Mutter war eine egozentrische, männergeile Barbiepuppe, die mit ihrer aufdringlichen Erotik jeden Mann in ihr Bett gekriegt hätte.«

So und ähnlich schlugen wir uns noch eine Weile die Argumente um die Ohren.

Nach dem Essen war mir übel. Mein Magen revoltierte gegen den Wechsel zwischen den Extremen gähnender Leere und bis zum Platzen vollgestopft zu ein. Ich bestellte mir einen doppelten Kognak und ein Mineralwasser, die einzige Kombination, die in solchen Fällen hilft, was aber in Verbindung mit der dreiviertel Flasche Wein, die ich schon intus hatte, zu einer zusätzlichen Irritation meines ohnehin geplagten Geistes führte.

Kurz und gut, ich ließ mein Fahrrad stehen und mich von Albert, der heute mit dem Auto da war und nur ein Viertel der Flasche gekriegt hatte, nach Hause fahren. Er brachte mich ins Bett, legte sich selbst dazu, und wir hatten – trotz oder vielleicht auch wegen des leichten Nebels über meinem Hirn – eine schöne Nacht.

Am nächsten Morgen, als mich mein geliebter Radiowecker im Tiefschlaf störte, war mein Bettgenosse weg, aber ein laut schnurrender Kater da. Ich schleppte mich in die Küche, wo mich der Duft frischen Kaffees und ein kleiner Zettel an der Kaffeemaschine wieder ins Diesseits beförderte: »Mach dir keine überflüssigen Gedanken, carpe diem. Albert.«

14

Gegen 15.30 Uhr – bis dahin hatte ich trotz diverser Nachwehen der vergangenen Nacht halbwegs konzentriert gearbeitet –, rief mich bzw. meinen Anrufbeantworter Luise Rinnstein an: »Frau Klein, ich muss sie ganz dringend sprechen, die Polizei war hier, mehr möchte ich am Telefon nicht sagen. Können Sie heute Abend vorbeikommen?«

Ihr Ansinnen kam mir außerordentlich ungelegen, wollte ich mich doch heute endlich mal ausruhen, aber ihrem Ton entnahm ich, dass etwas Ernstes passiert sein musste.

Um 17 Uhr hatte ich den letzten Termin.

Nach der Sitzung erledigte ich noch einige Telefonate und stand kurz vor sieben vor Luise Rinnsteins Tür.

Sie hatte netterweise ein paar belegte Brote gemacht und ein Bier kaltgestellt, was ich mir dankbar zu Gemüte führte, während sie vom Besuch der Polizei erzählte.

Die zwei Herren in Zivil seien um zwei Uhr gekommen, hätten sich als Kriminalbeamte vorgestellt, ihren Dienstausweis gezeigt und dann höchst unverschämte Fragen gestellt:

»Frau Rinnstein, Sie haben am Montag, den 11. November Ihren Mann als vermisst gemeldet. Ihr Mann ist seitdem nicht wieder aufgetaucht?«

»Sie wurden am 22.11. von einer Polizeistreife in betrunkenem Zustand aufgegriffen. Den Polizisten haben Sie erzählt, Ihren Mann umgebracht zu haben und sich jetzt selbst töten zu wollen. Die Beamten haben Sie daraufhin zu Ihrer eigenen Sicherheit in das Forum für Psychische Krankheit gebracht, wo Sie von einem Psychiater untersucht wurden. Dem Arzt gegenüber haben Sie abermals von Mord und Selbstmord gesprochen. Wir haben ihn heute befragt. Er hat uns bestätigt, dass Sie auf ihn einen stark verwirrten Eindruck gemacht hätten, der nicht allein durch ihren alkoholisierten Zustand zu erklären sei.«

»Wir haben Grund zu der Annahme, dass Sie am Verschwinden Ihres Mannes nicht unschuldig sind.«

Sie wiederholte die Aussagen der Kriminalbeamten mit einem Unterton tiefster Verachtung und Empörung. »Können Sie sich vorstellen, dass die mich beinahe verhaftet hätten?«

Das konnte ich nicht. Ich versuchte, mein Gegenüber zu beruhigen, wenngleich ich diese Theorie selbst schon in Betracht gezogen hatte. Ein Gutes hatte das Ganze, beschäftigte sich doch die Polizei nun endlich mit dem Verschwinden von Jacob Rinnstein. Offenbar war der Name Rinnstein inzwischen oft genug aufgetaucht, dass irgendeine Stelle im Präsidium sich verpflichtet fühlte, der Sache nachzugehen.

»Hat die Polizei Ihnen gesagt, was sie zu tun gedenkt?« fragte ich nach.

»Nicht direkt. Nachdem ich mich etwas beruhigt hatte, habe ich den beiden Männern ausführlich von unserem gemeinsamen Leben erzählt bis zu dem Tag, an dem Jacob plötzlich aus dem Planetarium verschwunden war. Sie schienen mir zu glauben und waren fast gerührt. Wahrscheinlich träumen sie von einer so harmonischen Ehe. Auf jeden Fall waren sie recht freundlich, als sie gingen und versprachen, nach Jacob zu suchen.«

Ich konnte mir zwar die beiden Polizisten ihre Rührung unterdrückend lebhaft vorstellen – schließlich war es mir bei Luise Rinnsteins Erzählung ähnlich gegangen –, aber was die Suchaktion anging, war ich ausgesprochen skeptisch. Wieso sollte die Kripo Jacob Rinnstein leichter finden als ich?

Ich machte einen vorerst letzten Versuch, der Sache auf den Grund zu kommen: »Halten Sie es für möglich, dass Ihr Mann Selbstmord begangen hat, litt er unter Depressionen?« Eine solche Zuspitzung wäre als Spätfolge des Krieges, den er nach ihrer Schilderung so schlecht verkraftet hatte, durchaus denkbar gewesen, etwa über eine ›posttraumatische Belastungsstörung‹, die sich langfristig zu einer ›andauernden Persönlichkeitsstörung nach Extrembelastung‹ entwickelt hatte.

»Ehrlich gesagt, daran habe ich auch schon gedacht. Ich bin mir aber ziemlich sicher, dass er mir einen Abschiedsbrief hinterlassen hätte, und ich habe keinen gefunden.«

»Nachdem Ihr Mann nun schon so lange fort ist, erscheint es mir realistisch, mit dem Schlimmsten zu rechnen. Möglicherweise hat er den Brief ja bei sich«, formulierte ich meine aufrichtige Überzeugung.

»Wahrscheinlich haben Sie Recht, wenn er nur bald gefunden würde«, antwortete sie wenig hoffnungsfroh.

Nachdem wir unser Gespräch beendet hatten, versuchte ich meine spärlichen Informationen einmal wieder zu einem sinnvollen Ganzen zusammenzufügen, nichts passte. Genaugenommen hatte ich nicht die geringste Spur, denn alles, was ich definitiv wusste, war, dass Jacob Rinnstein verschwunden war. Ich wusste nicht wohin, nicht mit wem, unter welchen Umständen. Niemand hatte ihn gesehen. Selbst wenn er tot war, musste er als Lebender oder Toter vom Planetarium weggekommen sein, zumal das Gelände dort so übersichtlich war, dass eine Leiche spätestens am darauffolgenden Montag von Angestellten der zahlreichen umliegenden Büros gefunden worden wäre. Es blieben wenig Möglichkeiten. Meine ursprüngliche Hypothese einer späten Midlifecrisis hatte ich ausgeschlossen, nachdem klar war, dass er ohne die dafür notwendigen Mittel abhanden gekommen war.

Überhaupt schien mir, nachdem ich Luise Rinnstein ein wenig kannte, der Gedanke, dass dieser Mann seine geliebte Frau freiwillig verlassen haben könnte, reichlich absurd.

Am wahrscheinlichsten war, dass ihm die langweilige Vorstellung nicht gefallen hatte und er seine Frau, die eingeschlafen war, nicht stören und lieber draußen – vielleicht auch, um in der kühlen Luft wieder einen klaren Kopf zu bekommen –, auf sie warten wollte. Das erklärte auch, warum die Kartenverkäuferin ihn nicht gesehen hatte. Dort, vor dem Planetarium musste ihm dann etwas zugestoßen sein, möglicherweise hatte jemand den gut gekleideten Herrn ausrauben wollen und ihn über die Autobahn lebend oder tot weggeschafft. Was anderes kam nach menschlichen Erwägungen nicht mehr in Frage, es sei denn, Luise Rinnstein hatte die ganze Planetariumsgeschichte frei erfunden und ihn doch selbst umgebracht? Mir fiel der bekannte englische Film *Arsen und Spitzenhäubchen* ein, in dem drei reizende alte Damen reihenweise Männer vergifteten und sie im Keller zur ewigen Ruhe betteten. Auch eine Variante. Apropos Keller, den hatte ich bei meiner Stöberei doch glatt vergessen.

Verdammt, sollte die Polizei sich doch endlich um die Sache kümmern.

15

Am Wochenende pflegten Albert und ich unsere gemeinsamen und individuellen Aktivitäten. Sonntags schafften wir es sogar, ein paar Plätzchen zu backen, eine der wenigen Weihnachtsaktionen, die wir beide schätzten. Während Albert dies aus seiner Jugend nicht kannte, bei seinen Eltern wurden solche Leckereien gekauft, war ich mit dem Ritual der Weihnachtsbäckerei aufgewachsen und hatte angenehme Erinnerungen daran, vor allem an den speziellen Geruch. Während früher unter der sachkundigen Ägide der Mutter mindestens fünfzehn Sorten produziert werden mussten, beschränkten Albert und ich uns auf unsere drei Lieblingssorten: Buttergebackenes, Vanillekipferl und Mandelmürbchen.

Erst am Montagmorgen platzte meine Nervensäge Luise Rinnstein in mein gut verplantes Leben.

»Frau Klein, die Polizei lässt mich nicht in Ruhe, sie haben heute morgen angerufen und mich aufs Revier bestellt«, klagte sie in weinerlichem Ton.

»Haben sie gesagt, zu welchem Zweck?«

»Nein, nicht genau, sie meinten nur, sie hätten noch einige Fragen im Zusammenhang mit dem Verschwinden meines Mannes.«

Ich hatte keine Lust, schon wieder die Witwentrösterin zu spielen. Schließlich war diese Frau über achtzig Jahre ohne mich ausgekommen.

»Es tut mir leid, aber ich habe heute beim besten Willen keine Zeit für Sie, die Polizei wird Ihnen schon nichts tun«, bemerkte ich ungeduldig.

»Oh, Frau Klein, ich habe furchtbare Angst, die Polizisten klangen so seltsam am Telefon, ich glaube, es ist etwas Schreckliches passiert, könnten Sie mich nicht aufs Revier begleiten?«

»Nein!«, antwortete ich resoluter als ich beabsichtigt hatte, aber sie war schon wieder im Begriff, mich zu überreden, und ich wollte mich nicht überreden lassen, »wann haben Sie denn Ihren Termin?«

»Ich werde um 14 Uhr abgeholt, sagte der Beamte«, schöpfte sie Hoffnung.

»Gut, dann komme ich nach meiner Sprechstunde – die wird heute bis 18 Uhr dauern – kurz bei Ihnen vorbei, dann können Sie mir alles erzählen, und wir überlegen gemeinsam, was weiter zu tun ist«, kam ich ihr entgegen. Diese Frau hatte eine einnehmende Art, der sich zu entziehen, sogar für mich als Profi schwierig war.

»Vielen herzlichen Dank Frau Klein, ich weiß Ihre Bemühungen zu schätzen, glauben Sie mir.«

Zwanzig nach sechs klingelte ich ausgelaugt und wenig motiviert bei Luise Rinnstein. Als ich sie sah, wurde mir schnell klar, dass wirklich etwas Schlimmes passiert sein musste. Sie wirkte völlig aufgelöst und schilderte mir das Geschehene, das sich in etwa so zusammenfassen lässt, von heftigem Schluchzen unterbrochen:

Um 14 Uhr kamen zwei Beamte in Zivil und teilten ihr mit, dass sie einen Mann gefunden hätten, der der

Beschreibung ihres Ehemannes entsprechen könne. Sie baten Sie, den Toten zu identifizieren und nahmen sie mit ins Leichenschauhaus. Die Leiche war im Rhenauer Wald gefunden worden, hatte dort offenbar schon Wochen unentdeckt gelegen und war – im wörtlichen Sinne – angeknabbert, vermutlich von Ratten.

»Frau Klein, es war Jacob; es war mein Mann«, heulte sie.

Ich war von dieser plötzlichen Wendung der Geschichte, die zwar nicht ganz unerwartet kam, denn irgendwas musste Jacob Rinnstein ja geschehen sein, doch mehr betroffen, als ich vermutet hätte. Wie grausam musste es für diese Frau gewesen sein, nach einer so langen geradezu symbiotischen Beziehung mit einem solchen Anblick und der Tatsache des unwiderruflichen Endes konfrontiert zu sein.

»Das tut mir sehr leid für Sie. Sind Sie ganz sicher, dass es Ihr Mann war?«

»Ja, ich bin ganz sicher.«

Auch wenn mein Verhalten definitiv nicht die Bezeichnung vornehm verdiente, hatte ich genug von diesem unappetitlichen Thema, verabschiedete mich mit der Notwendigkeit der Pflege meiner eigenen Beziehung, gab meinem Fahrrad die Sporen und fuhr nach Hause, wo ich meinem Magen einen doppelten Kognak verabreichte.

Wenigstens hatte damit die Geschichte für mich ein, wenn auch unschönes, so doch Ende gefunden.

16

Am Dienstag trieb die nächste dunkle Wolke auf mich zu.

In der Mittagspause leerte ich den Briefkasten und sah die Schreiben durch. Der letzte Brief war an mich ›persönlich‹ adressiert und trug keinen Absender. Ich öffnete ihn und erschrak wie ich selten im Leben erschrocken war. Er enthielt einen Scheck über 1000,- Euro und einen kleinen Zettel mit folgenden handschriftlichen Zeilen:

Liebe Frau Klein,

Sie haben hervorragende Arbeit geleistet, jetzt müssen Sie nur noch mein kleines Geheimnis lüften.

Ihr Jacob Rinnstein

Nein, das war zu viel. Hier versuchte jemand, mich granatenmäßig zu verarschen. Jacob Rinnstein war tot!

Ich tat das einzige Vernünftige, was frau in einem solchen Fall tun konnte, ich ging zur Polizei. Es war schließlich ihre Sache, Vermisste aufzufinden und nicht meine. Das Oststadtrevier, das für die Kolpingstraße zuständig war, befindet sich im Polizeipräsidium in L 6.

Auf der Wache versuchte ich zunächst vergebens, mein Anliegen vorzubringen, denn als ich die Frage »Sind Sie mit dem Vermissten verwandt oder verschwägert?« wahrheitsgemäß verneinte, weigerte sich der Polizist, mir Auskunft zu geben. Erst als ich ihm klarmachte, dass die Frau des Vermissten meine Patientin sei und ich verhindern müsse, dass sie sich in ihrer Verzweiflung aus dem Fenster stürzte, beeilte er sich, meinem Ansinnen nachzukommen. Nach Rücksprache mit seinem Vorgesetzten teilte er mir mit, dass man sich bemühe »Licht ins Dunkel« zu bringen. »Aber bei der Vielzahl der Fälle, Sie wissen ja, vor Weihnachten«, ließ er seinen Satz offen.

Irgendwie erinnerte mich das Ganze fatal daran wie ich vor einigen Jahren den Diebstahl meines nagelneuen Fahrrads anzeigen wollte. Damals hatte mir der Diensthabende auf meine Frage, ob sie denn der Sache in irgendeiner Form nachgehen würden, geantwortet: »Wenn wir uns um jeden Fahrraddiebstahl kümmern würden, bräuchten wir mindestens dreimal so viel Personal. In Mannheim verschwinden täglich zwischen zehn und vierzig Fahrräder – je nach Saison –, die von Profis geklaut und mit Lastwägen umgehend aus der Stadt gebracht werden, da haben wir keine Chance. Aber einmal im Monat können die von uns gefundenen Fahrräder besichtigt werden, da können Sie kommen und nach ihrem Fahrrad suchen.«

Der Polizist machte mir unmissverständlich klar, dass mehr nicht aus ihm rauszuholen war, indem er sich dem Mann neben mir zuwandte, der einen Fahrraddiebstahl anzeigen wollte.

Ich verlangte den zuständigen Kripobeamten, eben den, der auch Luise Rinnstein die nicht mehr ganz frische Leiche präsentiert hatte, einen Herrn Mayer, zu sprechen, was mir schließlich gelang. Ihm übergab ich Zettel samt Scheck, von beidem hatte ich mir jeweils zwei Kopien gemacht. Natürlich bestand er darauf, von mir zu erfahren, was ich mit der Sache zu tun hatte, so dass ich nicht umhin kam, ihm das Wesentliche in knappen Sätzen zu schildern.

Ich versicherte ihm, dass ich nicht die geringste Lust hätte, mich weiterhin in die Angelegenheiten der Polizei zu mischen, bat ihn aber, mich auf dem Laufenden zu halten.

Danach schickte ich eine der beiden Kopien nebst der Mitteilung, dass ich alles der Polizei übergeben habe, an Luise Rinnstein. Ich hätte es momentan nicht verkraftet, dieser Frau persönlich gegenüberzutreten. Ich wusste nicht mehr, was ich glauben sollte. War die Leiche im Rheinauer Wald doch nicht die von Jacob Rinnstein, war er gar in Mannheim und beobachtete mich? Welches Geheimnis sollte ich lüften? Hatte sich jemand einen äußerst makabren Scherz erlaubt? Wieso lag die Vermisstenanzeige von Luise Rinnstein nicht vor?

Die Kontonummer auf dem Scheck. Wenn es Rinnsteins Konto war, dann musste ihn eine/r der beiden ausgestellt haben. Mit der Unterschrift war nicht viel anzufangen. Sie hätte Rinnstein heißen können, es hätte sich auch um Birkenstock, Birnbaum oder Einstein handeln können.

Inzwischen war es schon wieder nach 15 Uhr, wenigstens hatte ich die Termine heute so gelegt, dass ich zwei Stunden Mittagspause hatte, so dass mir noch eine gute halbe Stunde blieb. Nicht weit vom Polizeipräsidium war die Hauptstelle der Sparkasse. Ich ging zu einer Sachbearbeiterin und bat sie, mir den Namen der Inhaberin bzw. des Inhabers des Kontos auf meinem Scheck rauszusuchen. Ich erklärte ihr, dass ich den Scheck anonym bekommen habe und mich bei den Leuten, ich vermutete, dass es sich um die Familie Rinnstein handle, bedanken wolle.

»Ja, Sie haben Recht, es handelt sich um das Konto von Jacob und Luise Rinnstein.«

Ich bat sie noch, herauszufinden, ob beide zeichnungsberechtigt waren, was sie bejahte.

»Allerdings haben wir hier nur die Unterschriftprobe von Luise Rinnstein; er hat keine hinterlegt.«

Das war weiter nicht verwunderlich, nachdem Luise Rinnstein – wie sie mir selbst erzählt hatte – für die Finanzen verantwortlich war.

»Stimmt die Unterschrift auf dem Scheck mit Ihrer Probe überein?«, fragte ich nach.

»Es scheint so«, meinte sie nach kurzer Prüfung »die Probe ist aber schon fast zwanzig Jahre alt und Unterschriften verändern sich meist etwas, so dass die Probe nicht hundertprozentig mit ihrer Unterschrift identisch ist.«

Während der nächsten Therapiestunden ging mir parallel zu meiner eigentlichen Arbeit die Frage durch den Kopf, wie Jacob Rinnstein mir einen Brief schicken konnte, wenn er seit Wochen als Leiche im Rheinauer Wald vor sich hin moderte.

Die Antwort erhielt ich am nächsten Tag in doppelter Ausführung.

Gegen 10 Uhr morgens rief mich Polizeikommissar Mayer in meiner Telefonsprechstunde an – die Nummer hatte ich ihm für alle Fälle gegeben – und eröffnete mir, dass Luise Rinnstein sich vermutlich geirrt habe. Man habe sie mit den von mir gebrachten Unterlagen konfrontiert, worauf sie offensichtlich neue Hoffnung schöpfte, dass ihr Mann noch am Leben war. Nun solle versucht werden, mit Hilfe einer DNA-Analyse letzte Zweifel auszuschließen. Man nehme an, dass Frau Rinnstein beim Anblick der keineswegs frischen Leiche erschrocken sei und nicht genau genug hingesehen habe. Das käme öfter vor. Den Scheck könne ich mir abholen, er sei ordnungsgemäß ausgestellt, Frau Rinnstein habe dies bestätigt. Ich bedankte mich bei ihm für die schnelle Information und bat ihn, den Scheck, den ich nicht haben wollte, an Luise Rinnstein zurückzugeben.

Ich versuchte, alles, was mit dem Namen Rinnstein verbunden war, zu verdrängen und mich meiner Arbeit zu widmen, aber es gelang nur ansatzweise bis kurz vor vier, als sich Luise Rinnstein telefonisch meldete.

»Frau Klein, ich muss Sie unbedingt sprechen. Ich

weiß, dass Sie sehr viel zu tun haben, aber vielleicht können Sie heute Abend trotzdem kurz bei mir vorbeikommen?«

Mein Innerstes sträubte sich mit aller Kraft gegen diesen Besuch, aber mein Kopf entschied, dass es ein allerletztes Mal sein musste.

Wie angekündigt stand ich um 19.45 Uhr vor ihrer Tür. Sie empfing mich in bester Stimmung, auf dem Tisch im Salon waren zwei Kerzen angezündet, für zwei Personen gedeckt, eine Flasche Sekt im Kühler ...

Ich hatte heute nicht mehr die Kraft, mich gegen diese Frau zu wehren. Ich ließ das fürstliche Mahl, das sie für uns beide bereitet hatte, über mich ergehen, trank den Champagner und lauschte ihren Worten.

Sie wurde nicht müde, mir zu versichern, wie glücklich sie sei, dass ihr Mann lebe und es ihm gut gehe, dass er sicher bald nach Hause käme und wie dankbar sie mir wäre (ich hatte doch gar nichts gemacht?) und so weiter und so fort.

Meine Skepsis wegen der Unterschrift auf dem Scheck wischte sie mit Leichtigkeit weg.

»Ach, wissen Sie, wir haben es mit der Unterschrift nie so genau genommen. Wir haben beide mit Rinnstein unterschrieben und wenn man so lange zusammen ist wie wir, gleicht sich halt alles irgendwie an. Als wir noch jung waren, hat es uns großen Spaß bereitet, die Unterschrift des anderen nachzumachen. Das hatten wir später nicht mehr nötig, sie waren einfach gleich.«

»Aber Sie haben mir doch erzählt, dass Ihr Mann keine Schecks bei sich hatte, als er verschwand«, äußerte ich letzte Zweifel.

»Nun ja, das stimmte auch, ich hatte allerdings vergessen, dass er immer einen im Portemonnaie hatte, sozusagen als Notreserve. Ich habe Ihnen ja erzählt, dass er sich gerne großzügig gab und dafür brauchte er eben ab und an einen Scheck, weil er nicht mehr Bargeld als nötig mit sich herumtrug.«

17

Noch eine Woche bis Weihnachten. In der Vorfreude auf zwei Wochen Urlaub konzentrierte ich mich auf meine Arbeit und erledigte sie routiniert.

Albert und ich hatten die letzten Tage, trotz gelegentlicher Zusammentreffen in unserer Wohnung, kaum ein Wort gewechselt, aber verabredet, uns nach den Feiertagen mehr Zeit für uns zu nehmen.

Luise Rinnstein hatte sich nicht mehr gemeldet. Nach allem, was ich mit ihr erlebt hatte, glaubte ich nun, die Wahrheit zu wissen. Vor allem nach dem champagnerfröhlichen Abend mit ihr, bei dem zu allem Überfluss, als wir beide gerade ins Gespräch vertieft waren, in der Küche laut hörbar etwas heruntergefallen war, was sie mit einer angeblichen Katze aus der Nachbarschaft erklärte, hatten sich mir die Augen geöffnet. Im Grunde war es ganz einfach: Die beiden Oldies hatten sich auf ihre alten Tage einen Spaß mit mir erlaubt. Sie hatte mir die Schauergeschichte aufgetischt und sich dann mit ihm gemeinsam amüsiert über die Dummheit der Frau Psychologin. Die Sache mit der Identifizierung der Leiche war nichts als Theater, um die Spannung zu erhöhen. Als allerdings die Gefahr bestand, dass die Polizei seine Frau als Mörderin verhaften würde, hatte er mir den Brief geschrieben, um seine Existenz zu beweisen. Was mich am meisten ärgerte, war, dass er wohl im Nebenzimmer saß, während ich seine Frau tröstete. Vielleicht spazierte er in gebührendem Abstand hinter uns her, als wir durch den Luisenpark gingen. Vermutlich war sogar die Szene im Taxi, die besoffene Alte, nichts als Schau und der Ausflug ins FPK als Folge davon ein kleiner Betriebsunfall. Machte nichts, die beiden wussten ja, dass ich Luise wieder rausholen würde, und vielleicht kann so ein Aufenthalt in der Psychiatrie auch unter ›Abenteuer‹ verbucht werden.

Bei der Leiche im Rheinauer Wald hatte es sich um einen Wohnsitzlosen gehandelt, der eines natürliches Todes gestorben war, wie der nette Mann von der Kripo mir persönlich mitteilte. Er erwähnte auch, dass es nahezu unmöglich gewesen sei, DNA von Jacob Rinnstein zu finden. Fast hätte man denken können, er habe nie in dieser Wohnung gelebt. Aber die Frau habe wohl einen ausgeprägten Putzfimmel. Schließlich habe man aber ein paar Hautschüppchen auf einem Jackett gefunden. Wie der Polizist mir außerdem anvertraute, verschwinden in Deutschland täglich Menschen, das sei gar nicht so ungewöhnlich.

Nach dem Auftauchen des Briefes bestand noch weniger Gefahr, dass die Polizei weitere Nachforschungen anstellte, so dass das saubere Ehepaar unbehelligt weiterleben konnte.

Ich war stinksauer auf die Rinnsteins oder besser gesagt auf mich selbst, weil ich auf die Geschichte hereingefallen war.

Im ersten Moment hatte ich mir überlegt, den Kontakt zu Luise Rinnstein radikal abzubrechen, dann siegte mein Bedürfnis, ihr die ganze Lügengeschichte auf den Kopf zuzusagen. Ich rief sie an und lud mich für Sonntagnachmittag bei ihr zum Kaffee ein.

Während sie mich mit Kaffee und ihren leckeren Keksen versorgte, goss ich meinen Zorn über ihr aus.

»Von wegen verschwunden«, motzte ich sie an, »Ihr Mann war die ganze Zeit über da, Sie haben sich einen ziemlich üblen Scherz mit mir erlaubt. Sitzt er jetzt wieder in der Küche, oder hat er sich ins Dachbodenzimmer zurückgezogen? ...« Sie ließ mich reden ohne mich zu unterbrechen, sie gab nichts zu und verneinte nichts. Sie saß ruhig da und hörte mir zu, bis ich mein Hypothesengebäude fertig gebaut hatte. Dann sagte sie mit fester Stimme:

»Frau Klein, Sie irren sich. Aber, wenn Sie mir nicht glauben, können wir gerne gemeinsam nachsehen.«

Sie schleppte mich tatsächlich durch das ganze Haus. Weder in der Küche, noch im Schlafzimmer oder Bad war die geringste Spur von Jacob dem Verschwundenen. Auch auf dem Dachboden gab es keine Anzeichen für ein Lebewesen. Ja, der Staub lag noch genauso unberührt auf dem alten Tisch, wie bei meinem ersten Besuch, und auf der Fensterbank in der Küche saß eine Katze.

Hatte ich mich doch geirrt? Ließ mich mein analytischer Verstand im Stich? Es war zum verrückt werden.

Es klingt abwegig, aber ich beschloss allen Ernstes, den Keller nach einer Leiche zu untersuchen. Unter dem Vorwand auf die Toilette zu müssen, schlich ich mich zum Kästchen hinter der Eingangstür und ›lieh‹ mir den großen Schlüssel, der ins Dachbodenschloss nicht gepasst hatte.

Ich verabschiedete mich rasch, warf unten die Haustür von innen recht geräuschvoll ins Schloss, ging durch die Diele und die Kellertreppe hinunter. Das Haus war sonntags ausgestorben. Ich musste mich sehr leise ans Werk machen.

Plötzlich kam ich mir recht lächerlich vor, wie ich da im halbdunklen Keller stand und nach einer Leiche suchte. Ich war doch nicht in einem schlechten Krimi. Ich schloss den Kellerraum ab, ging wieder hoch, stellte mich vor die Haustür und klingelte. Luise Rinnstein öffnete. Um den Kellerschlüssel zurückbringen zu können, hatte ich vorher meinen Geldbeutel neben dem Sofa aus der Tasche fallen lassen. Während sie danach suchte, hängte ich den Schlüssel ans Brett.

Sie kam zurück und drückte mir mein Portemonnaie in die Hand.

»Hören Sie, ich bin Ihnen nicht böse, dass Sie den Keller durchsucht haben, es ist doch völlig klar, dass Sie auch diese Möglichkeit in Betracht ziehen müssen, aber glauben Sie mir, ich habe meinen Mann nicht umgebracht.«

Ich war blamiert bis auf die Knochen und stammelte eine Art Entschuldigung.

»Nein, Sie brauchen sich nicht zu entschuldigen. Es ist vollkommen in Ordnung. Ich habe nur eine Bitte: Geben Sie die Suche nicht auf, ich brauche Ihre Hilfe, alleine schaffe ich es nicht.«

Ziemlich geknickt ging ich nun wirklich.

Um an diesem vierten Advent sozusagen noch ein Lichtlein anzuzünden, rief ich Albert an und wir verabredeten uns vor dem ›neuen‹ Gebäudeteil der Kunsthalle, dem nach dreißig Jahren Lebenszeit der Abriss drohte. Dieses Vorhaben der Stadt Mannheim wurde in der Bevölkerung kontrovers diskutiert. Angeblich entsprach der Zweckbau nicht mehr den modernen technischen Standards. Augenfällig war aber auch, dass die nicht aus Mannheim stammende neue Direktorin des Museums seit Beginn ihrer Amtszeit Pläne für Abriss und Neubau des Museums forcierte und damit mehrere Fliegen mit einer Klappe schlug. So konnte sie nicht nur einen ihren Ambitionen nicht adäquaten Bau entsorgen, sondern auch das Boulevardtheater, das bis dato seine Wirkungsstätte darin hatte, auf elegante Art loswerden. Letztlich hatte die Millionenspende eines Gönners, der damit auch über den Neubau bestimmen durfte, der Stadt keine andere Wahl gelassen. Ob es sich als besonders geschickter Schachzug erweisen würde, den Auftrag der Firma zu geben, die sich beim Bau des Berliner Flughafens eher unrühmlich hervorgetan hatte, sei dahin gestellt. Jedenfalls war der Entwurf, der einer riesigen braunen Schuhschachtel glich, zumindest äußerlich eine ästhetische Provokation, die sich in das Jugendstilensemble in etwa so gut einfügen würde, wie ein Limburger Käse in ein Parfümgeschäft.

Albert war bester Stimmung und hörte sich den Bericht über meine peinliche Vorstellung bei Luise Rinnstein grinsend an. Im Gedränge ließen wir uns über den Weihnachtsmarkt schieben, erhaschten kaum einen Blick auf die Auslagen der Bretterbüdchen. Zu dicht standen die Menschentrauben davor. Außerdem interessierte uns der ganze Kruscht nicht wirklich. Aber ein Glühwein musste trotz frühlingshafter Temperaturen sein. Während unser Heißgetränk auf dem stilvollen Mülleimertisch etwas abdampfte, überlegten wir, was wir für Weihnachten noch brauchten. An Heiligabend würden Achim und Rita – wie wir ohne familiäre Verpflichtungen – zu uns zum Raclette kommen. Plötzlich fragte Albert: »Was hältst du davon, wenn wir Luise Rinnstein einladen. Die arme Frau wird ganz allein sein an Weihnachten?«

Der abstruse Vorschlag veranlasste mich zunächst am Geisteszustand meines Gefährten Zweifel anzumelden, schließlich gab ich mich bei dem Argument »unser Raclette ist doch eh für sechs Personen« geschlagen, sofern Achim und Rita nichts dagegen hätten. Das klärte Albert sogleich telefonisch ab, »nein, hätten sie nicht, ganz im Gegenteil wäre es doch spannend, diese interessante alte Frau kennenzulernen.«

Dummerweise hatte auch Luise Rinnstein nichts dagegen und sagte nach einem halbherzigen »ich möchte aber nicht stören« begeistert zu.

Damit das eine übriggebliebene unserer sechs Raclettepfännchen sich zwischen den fünf gefüllten nicht einsam und leer fühlen müsste, luden wir den netten Herrn Scholz, der uns, als wir ihm zwei Tütchen unseres Weihnachtsgebäcks vorbeibrachten, traurig erzählte, dass seine Kinder dieses Jahr lieber in Skiurlaub fahren wollten als ihn zu besuchen, ebenfalls ein. Auch er sträubte sich kaum.

Wer wollte an diesem Tag schon alleine sein.

Heiligabend. Den ganzen Tag verbrachten Albert und ich damit, die Küche auf Hochglanz zu bringen, während wir gleichzeitig die Zutaten für unser Raclette vorbereiteten. Ein Widerspruch in sich, den wir souverän lösten.

Schließlich war unser großer Tisch, auf dem in der Mitte der Racletteofen thronte, mit Schüsselchen voller bunter Gemüsestückchen, sauren Häppchen, Salaten, Sößchen und natürlich dem Hauptdarsteller Käse reich garniert. Auf dem Herd dampfte der riesige Topf mit Pellkartoffeln.

Ziemlich pünktlich trudelten unsere Gäste ein. Luise Rinnstein als Erste 10 vor, Herr Scholz Punkt und Achim und Rita viertel nach. Die beiden Alten fremdelten beim Aperitif noch ein wenig und wurden nicht müde, sich für die Einladung zu bedanken und uns für unsere Kreationen zu loben. Spätestens beim zweiten Bestücken der Raclettepfännchen war das Eis gebrochen.

Adolph Scholz, ja, sein Vater war überzeugter Anhänger seines Namensvetters gewesen, erzählte Schwänke aus seinem Leben. Im Alltag hatte er wenig Gelegenheit dazu. Da wir ihn privat kaum kannten, waren die Anekdötchen neu und amüsant. Als Bauingenieur ›auf Montage‹ war er viel herumgekommen, kannte berühmte Großbaustellen ebenso wie deren Pleiten, Pech und Pannen. Zur Berliner Blamage hatte er ebenso seine Meinung, wie zu den aktuellen Umgestaltungen der Mannheimer Innenstadt. Alle diskutierten lebhaft mit, ohne dass die unterschiedlichen Ansichten zum Streit führten.

Es war ein gelungener Abend mit gutem Essen, guten Gesprächen und guter Stimmung bis das leidige Thema Jacob Rinnstein aufkam. Albert und ich hatten uns vorgenommen, kein Wort über diese Sache zu verlieren, und Luise Rinnstein hatte unabgesprochen offenbar die gleiche Absicht. Nur Achim konnte seine Neugier nicht zügeln und fragte nach, ob es etwas Neues gebe. Da kriegte Herr Scholz, der bis zu diesem Zeitpunkt keine Ahnung davon hatte, über welch interessante und mysteriöse Ereignisse seine nette Sitznachbarin zu berichten hatte, große Ohren. Jedenfalls ließ es sich nicht mehr vermeiden, dass Luise Rinnstein die unerquickliche Geschichte erzählen musste. Natürlich fiel auch auf meine Person etwas Glanz, so dass ich genötigt war, einige Statements zum Geschehen abzugeben. Als die Stimmung schon recht ernst war, versuchte ich abzulenken, indem ich die Gäste fragte, welche Musik ich auflegen sollte. Das erinnerte Rita daran, dass sie möglicherweise am gleichen Tag im Planetarium gewesen waren wie die Rinnsteins und sie fragte: »Und wie hat Ihnen die Vorstellung gefallen?«

Luise Rinnstein, die an einem Bröckchen Weißbrot kaute, das wir zum Raclette gereicht hatten, verschluckte sich, musste furchtbar husten, wurde erst rot, dann kreidebleich, bis sie sich unter Hinweis auf ihr Herzproblem entschuldigte und darum bat, dass man ihr ein Taxi bestellte. Herr Scholz, der aufrichtig besorgt war über den Gesundheitszustand der Altersgenossin, bot seine Hilfe an: »Ich fahre Sie selbstverständlich nach Hause«, und ignorierte den zaghaften Widerstand der Angesprochenen. Wenigstens hatte er sich beim Wein zurückgehalten, die paar Meter würde er wohl schaffen.

Nachdem sich die beiden Oldies verabschiedet hatten, hörten wir verbliebenen vier dann tatsächlich noch drei LPs von Pink Floyd und schwelgten in unseren alten Zeiten.

Die nächsten Tage verliefen harmonisch und angenehm gemütlich. Albert und ich nutzten die Zeit, um auszuruhen, aber auch unsere arg vernachlässigte Liebesbeziehung etwas aufzupäppeln. Albert versprach mir hoch und heilig, dass er mit der bereits erwähnten Kundin keinen Kontakt mehr habe, der Auftrag sei abgeschlossen, und er habe ihr unmissverständlich klar gemacht, dass er außer seinem in Rechnung gestellten Honorar nichts mehr von ihr wollte.

In den langen Gesprächen, die wir führten, wurde uns auch klar, dass wir unsere Lebensweise ändern sollten. Wir gingen beide rasant auf die sechzig zu und rackerten uns ab, als ob wir ein zweites Leben in Reserve hätten. So verabredeten wir, mehr Zeit für gemeinsame Aktivitäten, aber auch für unsere eigene Regeneration einzuplanen. Albert beschloss, bei der nächsten Gemeinderatswahl nicht mehr für den Stadtrat zu kandidieren. Ich selbst überlegte, wie ich meine Arbeit in der Praxis reduzieren könnte und wollte versuchen, mir wenigstens einen freien Tag in der Woche zu gönnen.

Noch Ende Dezember erhielt ich von Luise Rinnstein einen Brief, in dem sie mir herzlich dankte für meine Unterstützung und mitteilte, dass sie versuche, nun ohne meine Hilfe weiterzukommen. Albert und mir wünschte sie ein gesundes und frohes neues Jahr.

> *»PS: Wir waren leider nicht in der Vorstellung mit Pink Floyd – da wäre das vielleicht alles nicht passiert – sondern in der am späten Nachmittag, die extrem ermüdend war.«*

An Silvester blieben wir zu Hause, verfolgten die Knallerei von unserem Balkon, wünschten unseren Nachbarinnen und Nachbarn »Prost Neujahr« und freuten uns auf ein stressarmes und genussreiches neues Jahr.

So endete das Jahr unspektakulär und hoffnungsvoll.

TEIL II

19

Bis Ende des Winters hörte ich nichts mehr von Luise oder Jacob Rinnstein, bis auf vage Andeutungen meines Nachbarn. Herr Scholz hatte sein Helfersyndrom auf ein bestimmtes Haus in der Kolpingstraße ausgedehnt und erwähnte bisweilen, dass er sich »ein bissel« um die »liebe Frau« kümmere. Wobei das Kümmern wohl nur daraus bestand, dass er sie ab und an anrief und sich nach ihrem Befinden erkundigte, worauf sie stets die Antwort »gut« und dem netten Herrn Scholz keinen Ansatzpunkt für weitere Aktivitäten gab.

Mitte März rief Luise Rinnstein in meiner Telefonsprechstunde an, die ich dreimal die Woche abhalte. Sie entschuldigte sich für ihr bisheriges Verhalten und bat mich, sie wegen ihrer »Depressionen« als Patientin anzunehmen. Ich versuchte zunächst, sie unter Hinweis auf meine Auslastung und mit diversen anderen Ausreden los zu werden. Sie ließ sich nicht abwimmeln und verwies mehrfach auf ihre Freundin Emma Schweitzer, die ihr die Therapie nahegelegt habe. Letztlich gab ich ihr kurzfristig einen Termin, was insofern kein Problem war, als Luise Rinnstein im Gegensatz zu den meisten anderen Klientinnen und Klienten zeitlich äußerst flexibel war. Tatsächlich vergessen manche Hilfesuchende, dass zu einer Therapie auch die Notwendigkeit gehört, sie in den Wochenplan einzubauen und auch Psychotherapeutinnen am Wochenende andere Interessen pflegen. Insofern haben Vollzeiterwerbstätige mitunter schlechte Karten, wenn sie um einen Therapieplatz nachsuchen.

Mittwochmittag um fünf vor 13 Uhr klingelte Luise Rinnstein. Ich war gerade dabei, mich von meinem Patienten Herrn R. zu verabschieden, ein nicht mehr ganz junger Mann mit starken Minderwertigkeitsgefühlen und heftigem Liebeskummer. Er war fest davon überzeugt, dass seine Angetraute einen anderen Mann haben musste, da sie sich seit längerer Zeit sexuell verweigerte und auch sonst recht abweisend zu ihm war. Für ihr angebliches Fremdgehen machte er seine durch Neurodermitis angegriffene Haut verantwortlich. So wie er aussehe, müsse sie sich ja vor ihm ekeln. Außerdem glaubte er, an seiner Arbeitsstelle von den Kollegen aus dem gleichen Grund »gemobbt« zu werden. Tatsächlich war Herr R. durch seine ausgeprägte »Soziale Phobie« erheblich eingeschränkt, da er ständig Angst hatte, sich zu blamieren, indem er etwas Falsches tat oder sagte. Aufgrund dieser Ängste, die verstärkt in Gruppensituationen auftraten, vermied er Freizeitaktivitäten mit Kollegen genauso wie das Essen in der Kantine. Einladungen nahm er unter fadenscheinigen Begründungen nie an und mittags aß er sein mitgebrachtes Brot am Schreibtisch. Seine Kollegen fühlten sich dadurch ihrerseits brüskiert und hielten den armen Mann für einen arroganten Schnösel, was irgendwann dazu führte, dass man nur noch das Nötigste mit ihm sprach. Erschwerend kam hinzu, dass seine geröteten Hautpartien bei Stress regelrecht aufblühten. Dafür schämte er sich und versteckte sich noch mehr, ein Teufelskreis. Oft jammerte er seiner Frau diesbezüglich etwas vor, war bei allen anderen Aktivitäten aus Angst vor Ablehnung recht passiv, was wiederum ihr auf die Nerven fiel. Ich bat Herrn R. seine Gattin zu einem der nächsten Termine mitzubringen. Ihre Bereitschaft dazu hatte sie bereits erklärt.

Luise Rinnstein erschien in dezentem Grau. Der Wollmantel passte perfekt zum Hosenanzug, zu dem sie eine weiße Bluse trug, die wiederum vortrefflich mit ihren glatten, sportlich kurz geschnittenen Haaren harmonierte. Eine elegante Erscheinung. Sie gab mir die Hand, begrüßte mich mit den Worten: »Da bin ich wieder«, wobei sie mich schuldbewusst anschaute. Ich bat sie herein und erledigte, während sie auf der Couch sitzend wartete, die notwendigen Formalitäten, also Versicherungskarte einlesen und im Abrechnungsprogramm einen Schein anlegen. Ich fuhr den Computer herunter und begab mich mit dem auf einem Klemmbrett befestigten Aufnahmebogen nebst Stift zur Sitzecke, wo ich auf dem Sessel Platz nahm. Die Atmosphäre war gespannt.

»Wie geht es Ihnen?«, eröffnete ich das Gespräch.

»Mir geht es schlecht, ich habe schreckliche Schuldgefühle, auch Ihnen gegenüber. Ohne die penetranten Überzeugungsversuche meiner Freundin Emma hätte ich mich nicht getraut, sie anzurufen. Sie hat mir gedroht, die Freundschaft aufzukündigen, wenn ich nicht endlich meine Probleme aufarbeite. Ich fühlte mich regelrecht erpresst. Aber nun bin ich hier.«

»Und es fällt Ihnen schwer, über Ihre Probleme zu sprechen. Von Ihrem Mann haben Sie nichts gehört?«

»Das ist ja das Problem.«

»Hat sich die Polizei nochmal bei Ihnen gemeldet?«

»Nein.«

Nervös knetete Luise Rinnstein ihre Hände. Sie wirkte wie ein Kind, das etwas angestellt hat und auf seine Strafe wartet.

»Wegen was haben Sie mir gegenüber Schuldgefühle?«

»Ich hätte Sie nicht reinziehen dürfen in die ganze Sache und auch noch Ihre Hilfsbereitschaft ausnutzen.«

»Deswegen müssen Sie sich keine Sorgen machen. Wenn ich es nicht hätte machen wollen, hätte ich es nicht gemacht. Im Übrigen war die Sache interessant, und ich habe einiges dabei gelernt.«

Inzwischen war die Hälfte der Sitzung um. Luise Rinnstein knetete ihre Hände und schaute auf den Boden.

Es kommt selten vor, dass Klienten in der ersten Stunde wenig preisgeben. Die meisten haben enormen Druck und sind froh, ihre Sorgen und Nöte endlich los zu werden. Sie reden viel und legen ihre Pein unsystematisch auf den Tisch. Bis zum Ende der Stunde versuche ich erste Einordnungen vorzunehmen. Die mir gegenüber Sitzende machte es mir schwer, obwohl sie mich kannte. Ihr musste ein Fels auf der Seele lasten.

»Bleibt das, was ich Ihnen erzähle, unter uns?«

»Alles, was in diesem Raum geschieht und gesprochen wird, unterliegt der ärztlichen Schweigepflicht.«

»Gilt die auch gegenüber Ihrem Freund?«

»Die gilt auch gegenüber meinem Freund.«

Luise Rinnstein atmete tief durch.

»Die Beziehung zwischen Jacob und mir war nicht so harmonisch wie ich Sie habe glauben lassen«, begann Luise Rinnstein ihr Geständnis. »Jacob war ein Egoist, der nur an einem interessiert war, nämlich an sich selbst.«

»Sie sagen er *war*, heißt das, dass Sie davon ausgehen, dass es ihn nicht mehr gibt?«

»Das weiß ich nicht. Er ist auf jeden Fall nicht mehr da, nicht mehr bei mir.« Nach einer kleinen Pause fuhr sie fort: »Ich erzähle Ihnen, wie unser Leben wirklich verlaufen ist. Ich versuche ehrlich zu sein, zugegeben das fällt mir schwer, weil ich mich schäme ... ja, ich schäme mich für die Rolle, die ich in diesem Stück gespielt habe.

Als wir uns kennenlernten, war Jacob ein gebrochener Mann. Damals führte ich seine Selbstbezogenheit auf seine Erlebnisse im Krieg zurück und war überzeugt davon, dass wir es schaffen würden, seine Lebensfreude wiederzuerwecken. Ich hielt unsere Liebe für stark genug, alle Hindernisse zu überwinden. Und davon gab es reichlich. Ich habe Ihnen ja schon erzählt, dass mein Vater Alkoholiker war und ich mit meinen jungen Jahren den Laden schmeißen musste, nicht nur den Laden, auch den Haushalt, unsere Ernährung, alles und selbstverständlich absolvierte ich die Handelsschule, um mir Kenntnisse anzueignen, die ich für den Laden brauchte.

Das Schwierigste war jedoch, meinen Vater, wenn er sich morgens im Restalkohol und Selbstmitleid suhlte, zu motivieren, seine Arbeit zu machen. Schuhe reparieren konnte ich nicht, und das war zu der Zeit unser Hauptgeschäft. Für neue Schuhe hatten die wenigsten Geld. Das alles kostete mich unendlich viel Kraft, und Jacob erschien mir in dieser Situation als rettender Engel. Er war der erste Mensch, der für mich da war und mich liebte und begehrte. Ein gebildeter, kultivierter Mann mit Manieren und einem Auftreten, das mich beeindruckte. Er war galant, küsste mir die Hand, hielt mir die Tür auf und half mir in den Mantel. Er war aufmerksam, und er trank nicht. Jacob verabscheute Alkohol und meinen versoffenen Vater. Mein Vater hatte Angst, dass ich ihn wegen Jacob verlassen würde. So erlaubte er Jacob bei uns mitzuhelfen. Leider war mein Geliebter ein verwöhntes Muttersöhnchen. Erna, meine spätere Schwiegermutter, hätte alles für Jacob getan. Er war ihr einziger Sohn und sie hütete ihn wie ihren Augapfel. Das Geld für seine Schulbildung hatte sie sich vom Munde abgespart. Er sollte studieren und am besten als Arzt Karriere machen. Das war Ernas Traum. Jacobs Vater, der bei der Anilin in der Verwaltung arbeitete, sah das anders. Er verdiente nicht schlecht in seinem Beruf und hielt eine akademische Laufbahn für überflüssig. Für ihn waren die Akademiker nur ›die Angeber‹, wobei sicher auch ein gewisser Neid eine Rolle spielte. Sowieso war er eifersüchtig auf seinen Nachwuchs, da Erna sich seiner

Meinung nach zu viel um den Jungen und zu wenig um ihn kümmerte. Da war sicher auch was dran. Jedenfalls war Jacob nicht gewöhnt, sich im Alltag anzustrengen. Haushalt war für ihn Frauensache und auch im Laden suchte er sich die weniger schweißtreibenden Beschäftigungen heraus. Da mein Vater ihm nur geringen Lohn zahlen konnte und selbst oft mit Abwesenheit glänzte, sah Jacob keinen Grund sich zu verausgaben. Faktisch blieb weiterhin fast alles an mir hängen. Allerdings schob ich das dem schlechten Verhältnis zwischen meinen beiden Männern zu und hoffte auf positive Veränderungen sobald der Laden uns gehören würde.«

Es klingelte. Die nächste Patientin stand vor der Tür, die Stunde war um.

»Oh, ich habe gar nicht gemerkt wie schnell die Zeit vergangen ist«, beeilte sich Luise Rinnstein ihren Platz zu räumen. Wir vereinbarten einen weiteren Termin und ich wandte mich dem nächsten Problem zu.

Abends waren Albert und ich in unserer Wohnung verabredet. Ja, wir haben verabredet uns ab und zu zu verabreden. Das war eines der Resultate der Gespräche, die wir im Winter geführt hatten. Leider vergaßen wir diese Absicht immer wieder und hatten es bisher erst zweimal geschafft, unsere Verabredung einzuhalten. Ganz bewusst legten wir die Verabredungen auf normale Arbeitstage, um die Routine zu durchbrechen. Und tatsächlich waren es zwei sehr schöne, intensive Abende gewesen, an denen wir unsere Aufmerksamkeit ausschließlich auf uns gelenkt hatten. Versteht sich von selbst, dass an solchen Abenden die Telefone ausgeschaltet waren.

Als ich nach acht Stunden Therapie gegen halb acht unsere Wohnung betrat, duftete es verführerisch aus der Küche.

»Hhm riecht das köstlich, das ist ja toll, dass das Essen schon fertig ist«, lobte ich meinen Partner.

Nachdem der Basmatireis gar war genossen wir ihn mit der Gemüsesoße, die das typische Aroma der indischen Küche entfaltete, das vor allem der Kombination aus Ingwer, Knoblauch, Koriander und Curcuma zu verdanken war.

»Hast du mal wieder was von Luise Rinnstein gehört?«, schien Albert meine Gedanken zu erraten. Nur zu gerne hätte ich mein neues Wissen mit meinem Gefährten geteilt, doch beließ ich es bei dem Hinweis, dass sie nun meine Patientin sei und der Bitte, mich nichts dazu zu fragen.

»Ja, ich weiß, du nimmst es mit deiner Schweigepflicht sehr genau, aber du erlaubst, dass ich dir ganz regelwidrig den neuesten Klatsch und Tratsch aus der nicht-öffentlichen Sitzung der Stadtpark-GmbH erzähle. Stell dir vor, da gibt es doch jede Menge Schwierigkeiten mit der Schenkung unseres Gönners. Zum einen müssen die Kunstwerke natürlich versichert werden, nach Schätzungen der Experten von der Kunsthalle sind einige richtig was wert. Und zum anderen muss aus dem gleichen Grund eine Halle erstellt werden, die sicherheits- und klimatechnisch auf dem neuesten Stand ist.«

»Da wird die Brühe ja teurer wie die Brocken.«

»Du sprichst ein wahres Wort gelassen aus. Die Freunde des Luisenparks sind sauer, nachdem sie seit Jahren mühsam Spenden sammeln für jede Neuerung im Park und nun quasi über Nacht die Mittel für eine neue Halle bereitgestellt werden. Es ist eine Summe von mehr als fünf Millionen im Gespräch.«

»Ach du meine Güte. Hat denn die Stadt so viel Geld, die lassen doch seit Jahrzehnten wegen Geldmangel ihre Gebäude verrotten. Das Collinicenter ist aus Sicherheitsgründen seit langer Zeit mit Netzen verhüllt und die Halle im Herzogenriedpark wegen Einsturzgefahr geschlossen. Wäre es da nicht sinnvoller die Spende zurückzuweisen oder mit dem Spender über eine andere Unterbringung zu verhandeln, z.B. in der ebenfalls für teuer Geld demnächst neu gebauten und bestausgerüsteten Kunsthalle?«, ereiferte ich mich.

»Du hast völlig Recht. Auch die Kolleginnen und Kollegen im Aufsichtsrat hatten Bauchweh bei der Geschichte. Aber du weißt doch, dass die Stadt Spender nicht vergraulen möchte, vor allem jetzt, wo sie sich als Kulturhauptstadt bewerben will. Unser OB fürchtet »einen irreparablen Imageschaden« wie er sich ausdrückte. Also wird alles so gemacht wie es der großzügige Spender möchte. Mir scheint allerdings, dass hinter den Kulissen schon wieder etwas ausgedealt wird.«

»Meinst du ›Hammer und Meißel‹ sind mit im Spiel?«

Tatsächlich erstellte diese Baufirma, sie heißt wirklich so, trotz der Pflicht zu europaweiter Ausschreibung fast jedes Großprojekt in der Stadt. Dass sie dabei auf Fremdfirmen zurückgriff, die ihrerseits die Aufträge an kleine Subunternehmen weiterreichten, die Billigarbeiter aus dem osteuropäischen Raum beschäftigten, machte die Sache für die hiesige Bauwirtschaft nicht leichter. Der Ärger über diese Usancen bei den örtlichen Kleinunternehmen, die somit leer ausgingen, war groß. Während die Firma mit ihren Investitionen satte Gewinne einfuhr, beeilte sich die städtische Seite stets die gewünschte Infrastruktur bereitzustellen, aus Steuergeldern versteht sich. ›Hammer und Meißel‹ – Nomen est Omen – gingen bei ihren Unternehmungen nicht zimperlich vor. So konnte es schon mal passieren, dass »aus Versehen« ein Haus abgerissen wurde, in dem noch ein Mieter wohnte, der gegen die Kündigung seiner Räume klagte.

Das Thema Großprojekte und der vorauseilende Gehorsam der Verwaltungsspitze gegenüber den Akteuren in diesem Zusammenhang beschäftigte uns oft und auch an diesem Abend noch lange. Was uns – insbesondere auch Albert, der in seiner kleinen Gruppierung »Die Kritischen Mannheims[1]« im Gemeinderat zwar Kritik üben konnte, aber gegen die Mehrheit der großen Parteien keine Durchsetzungschance hatte – am meisten störte, war die Tatsache, dass für Großprojekte, die von der Wirtschaft eingefordert wurden, locker Millionen flossen, während kleine Initiativen, vor

---

1 Die Kritischen Mannheims – kurz DKM – kamen aus dem linksalternativen Spektrum und hatten sich vor rund zehn Jahren aus Unzufriedenheit mit dem Anpassungskurs der GRÜNEN gegründet.

allem solche, die im Sozialbereich arbeiteten, alle Jahre wieder für jeden Euro kämpfen mussten.

Ein besonderes Ärgernis war dabei auch die angepeilte Bundesgartenschau, die von einer Mehrheit im Gemeinderat beschlossen worden war. Ein Bürgerentscheid zu dieser Frage hatte eine denkbar knappe Mehrheit für dieses Unterfangen ergeben, de facto war die Hälfte der Bevölkerung dagegen. Zum Zeitpunkt des Bürgerentscheids waren viele Fragen offen, insbesondere die Höhe der Kosten. Verkauft wurde dieses Projekt als ideale Möglichkeit das von der amerikanischen Army freigegebene Militärgelände zwischen Feudenheim und Käfertal kostengünstig umzugestalten. Tatsächlich ging es aber um die Erschließung eines neuen Gebiets für den gehobenen Wohnungsbau. Um die Lage noch attraktiver zu machen, sollte das Landschaftsschutzgebiet *Au* zu großen Teilen umgestaltet werden, ein künstlicher See war im Gespräch, interessierte Investoren standen Schlange. Dagegen wandten sich vor allem Kleingärtner aus diesem Areal, deren liebevoll gehegte Schollen den ehrgeizigen Plänen zum Opfer fallen sollten.

»Bevor ich es vergesse, kannst du trotz deiner Schweigepflicht meine Neugier in einem Punkt befriedigen, weiß Luise Rinnstein denn nun mehr über den Verbleib ihres Mannes?«

»Keine Ahnung«, durfte ich mein Nichtwissen weitergeben, »dafür scheint sich unser Herr Scholz für Luise Rinnstein zu interessieren.«

»Ja, mir hat er kürzlich erzählt, dass seine Annäherungsversuche langsam fruchten.«

»Langsam scheint mir eine treffende Beschreibung zu sein.«

20

Die Menschen scharrten mit den Hufen, ihre Gesichter hellten sich auf. Der Frühling war greifbar oder wie man in Mannheim sagt: Es ging »nauszus«. Nauszus ging es auch in meiner Praxis. Mein Geschäft florierte nach wie vor, aber die Heftigkeit der Krisen, in denen mein Klientel steckte, nahm ab. Dies galt zwar nicht für jeden Einzelfall, aber tendenziell beruhigten sich die Gemüter, wenn alle emotional überladenen Winterfeiertage, Weihnachten, Silvester, der abstruse Valentinstag und zuletzt noch Fastnacht vorbei waren und das Thema ›Liebe‹ von der gesellschaftlichen Bühne verschwand.

Luise Rinnsteins zweite Stunde begann ich wie gewöhnlich mit einem Fragebogen, der die Depressivität abprüfte. Meine Klientin erreichte erwartungsgemäß einen relativ niedrigen Wert, der für eine leichte depressive Verstimmung sprach. Tatsächlich erschien die mit zwei Beinen im Leben stehende Frau keineswegs passiv oder lustlos, wie es bei ernsthaft depressiven Menschen der Fall ist. Inhaltlich bestätigten sich ihre Schuldgefühle. Die Frage gegenüber wem sie diese empfand, beantwortete sie vage:

»Ich hätte mehr aus meinem Leben machen sollen. Ich bin enttäuscht über mich selbst.«

»Was hätten Sie denn gerne anders gemacht?«

»Vieles«, antwortete Frau Rinnstein nachdenklich.

»Sind Sie mit Ihrer beruflichen Entwicklung zufrieden gewesen, hat Ihnen der Verkauf Spaß gemacht?«

»Ja und nein. Ich kannte nichts anderes. Ich bin im Schuhgeschäft aufgewachsen und nie raus gekommen. Als Kind liebte ich es, meinem Vater beim Schustern zuzuschauen, während die Arbeit meiner Mutter mich weniger faszinierte. Sie stand, abgesehen von der Mittagspause, den ganzen Tag im Laden, verkaufte, machte die Abrechnung, dazwischen kochte sie für uns drei, putzte und wusch unsere Wäsche, damals noch per Hand. Sie war rund um die Uhr beschäftigt, oft auch überfordert und schlecht gelaunt, was sie zwar nie an der Kundschaft ausließ, aber durchaus an mir. Obwohl mir ihr Leben nicht besonders attraktiv erschien, bin ich letztlich in ihre Fußstapfen getreten. Das Herstellen und Reparieren von Schuhen hätte mir sicher mehr Spaß gemacht, aber dieser Beruf war den Mädchen in meiner Jugend verschlossen. Nicht mal mein Vater hätte mich als Lehrling genommen, was ihm sicher Freude gemacht hätte, wenn ich ein Junge gewesen wäre. Vermutlich hätte er von einem Sohn schlichtweg verlangt, das Schuhmacherhandwerk zu erlernen. Die Zeiten waren damals so, man hat es hingenommen.«

»Nun, Sie waren eine erfolgreiche und geachtete Geschäftsfrau und Ladenbesitzerin. Macht sie das nicht stolz?«

»Ich habe das nicht so empfunden. Auch wenn ich die Erbin des Schuhgeschäfts war, so ging mein Besitz nach der Heirat faktisch in den Besitz meines Mannes über. Er war der Chef, ich seine Angestellte. Während er sich mit seiner charmanten Art in die Herzen der

Kundinnen schmeichelte, war ich die graue Maus hinter der Theke. Obwohl ich für den Einkauf und das gesamte Geschäft ›hinter den Kulissen‹ zuständig war, verlangten unter anderem unsere Lieferanten regelmäßig ›den Chef‹ zu sprechen. Von daher blieb nicht so viel von unserem Erfolg an mir hängen. Einen Vorteil hatte diese Konstruktion allerdings für mich. Während mein Mann nie Rentenansprüche erwarb, konnte ich mich ab dem 65. Lebensjahr über die auskömmlichen monatlichen Zuwendungen der Rentenversicherung freuen. Schließlich hatte ich seit meinem 14. Lebensjahr Beiträge eingezahlt«, schmunzelte sie.

Die Stunde näherte sich ihrem Ende, wir vereinbarten den nächsten Termin und Luise Rinnstein verabschiedete sich mit den Worten:

»Es tut gut mit Ihnen zu reden. Danke.«

Die fünf Minuten Pause bis zur nächsten Therapiestunde nutzte ich, um meinen Anrufbeantworter abzuhören. Er blinkte rot und avisierte mir zwei neue Anrufe. Der erste war von einer Patientin, die ihren Termin für morgen wegen Krankheit absagte. Der zweite war von Ellen Lanz, eine Kollegin, die ich aus dem Studium kannte. Ellen arbeitete seit ihrem Diplom im Forum für Psychische Krankheit in Mannheim, hatte sich – soweit es Psychologinnen und Psychologen im Medizinbetrieb möglich ist – hochgearbeitet und leitete eine Forschungsgruppe. Wir verabredeten uns unregelmäßig alle paar Monate und tauschten uns vor allem über berufliche Dinge aus. Nachdem Albert heute früh schon mitgeteilt hatte, dass es heute später werden würde – eine kurzfristig anberaumte Fraktionssitzung – und ich nicht auf ihn warten solle, ursprünglich wollten wir gemeinsam kochen, rief ich Ellen sofort zurück und fragte, ob sie schon was vorhabe. Sie hatte nicht und wir trafen uns um 20 Uhr im *Binokel* in der Innenstadt. Wir hatten Glück und ergatterten einen kleinen Tisch in einer Ecke, in der es nicht ganz so laut war, so dass wir uns noch unterhalten konnten ohne uns anzuschreien. Das nostalgische Binokel war eine der Konstanten in der Mannheimer Kneipenlandschaft, es existierte schon ewig und veränderte sich kaum.

Ellen wirkte angestrengt und ich fragte wie es ihr gehe.

»Soweit ganz gut, wie immer viel zu tun. Aber was mich umtreibt, ist etwas anderes und ich weiß gar nicht, ob ich es dir sagen soll. Aber jetzt sitze ich hier und habe gegackert, da muss ich wohl auch legen.«

»Das klingt ja spannend, sind die Fälschungen in euren Forschungsergebnissen endlich aufgeflogen?«, ulkte ich.

»Nein, nein, da wird der Deckel drauf gehalten. Tatsächlich geht es um dich, bzw. um euch oder ich sage es dir einfach. Ich habe deinen Albert gestern in inniger Umarmung mit einer Frau gesehen und es war ihm spürbar unangenehm zu sehen, dass ich ihn gesehen habe.«

Donnerwetter!

»Wo war das denn und wer war die Frau, wie sah sie aus?«, versuchte ich die Fassung wiederzuerlangen.

»Es war in Neckarau in der Schulstraße, nachmittags gegen drei. Die Frau habe ich nicht genau gesehen, sie war dick in einen Schal eingemummelt, aber ihr Parfüm konnte ich zehn Meter gegen den Wind riechen. Sie war etwas kleiner als Albert, blonder Kurzhaarschnitt würde ich sagen, schlank.«

Beim dritten Bier waren wir vom Speziellen zum Allgemeinen (»die Männer«) übergegangen und Ellen lästerte über ihre narzisstischen Kollegen Psychiater, die im FPK nicht nur den Ton angaben, sondern auch die bestdotierten Stellen hatten und sich gerne mit hübschen jungen Psychologinnen umgaben, die dort bienenfleißig ihre sogenannten Praktika absolvierten. Die Ausbildungsordnung zur Erlangung der Approbation als Psychotherapeutin verlangte diese Dienste, ohne eine Verpflichtung zu adäquater Bezahlung festzulegen – wohlgemerkt nach abgeschlossenem Studium –, so dass die Arbeitskraft und Leistungsbereitschaft der jungen Kolleginnen hemmungslos ausgebeutet wurde. Tatsächlich zeigte sich in dieser meiner Branche ein ähnlicher Effekt wie in vielen anderen: je schlechter und schwieriger die Ausbildungs- und Arbeitsbedingungen werden, desto mehr wird der Beruf ein weiblicher, die Männer ziehen sich in lukrativere Arbeitsbereiche zurück.

Es wurde spät und als ich nach Hause kam, vernahm ich lautes Schnarchen aus Alberts Zimmer. Heute Nacht würde ich ihn nicht mehr mit den wenig erbaulichen Informationen, die ich von Ellen erhalten hatte, konfrontieren.

An Schlaf war nicht zu denken. Stundenlang quälten mich Herzklopfen und Schweißausbrüche. Ich stand kurz vor einer Panikattacke. Konnte es sein, dass mein langjähriger Gefährte mich derart belog? Der Vertrauensmissbrauch kränkte mich mehr als Alberts Hinwendung zu einer anderen Frau. Vermutlich handelte es sich um die Kundin, der er wohl Ende letzten Jahres verfallen war. Ich hatte schreckliche Angst Albert zu verlieren. Er war meine wichtigste Bezugsperson, die Nummer eins in meinem Leben. Sollte diese fremde Frau mich vom ersten Platz in Alberts Leben verdrängt haben? Am liebsten hätte ich ihn geweckt und zur Rede gestellt. Die Furcht, dass sich mein Verdacht bestätigen würde, hielt mich davon ab.

21

»Guten Morgen, meine Liebe.«

Kaffeeduft umwehte meine Nase. Albert stand vor meinem Bett und strahlte mich an. Die volle Kaffeetasse wartete auf meinem Nachttisch. Ich setzte mich hoch und stopfte zwei Kissen hinter meinen Rücken. Schlagartig fiel mir der gestrige Abend ein. Am liebsten hätte ich alles für einen bösen Traum gehalten. Der liebe Mann, der mich so freudig begrüßte, sollte ein verlogener Fremdgeher sein? Ich bedankte mich für den Kaffee und die Zeitung und machte Albert deutlich, dass ich nicht fit war und noch ein paar Minuten brauchen würde, bis ich dem Tag ins Antlitz sehen könnte. Mein verständnisvoller Gefährte drückte mir einen Kuss auf die Stirn und trottete davon.

Sollte ich so tun als ob nichts wäre, die übliche Routine durchziehen ohne ein Wort über den Vorfall zu sagen? Ich wünschte mir, Albert würde von sich aus auf mich zukommen, mir gestehen, dass er einen Fehltritt begangen habe, den er bereue und nun endgültig beenden wolle. Aber Albert spielte seine Rolle und er spielte sie überzeugend. Sorgfältig wie immer deckte er den Frühstückstisch und erzählte mir die Neuigkeiten aus seiner politischen Arbeit.

Offenbar bröckelte die Mehrheit für die Durchführung einer Bundesgartenschau. Es zeichnete sich ab, dass die CDU-Fraktion, nachdem eine interne

Mitgliederbefragung ein deutliches Votum gegen eine Einbeziehung der *Au* ergeben hatte, diesbezüglich einknickte. Das konnte spannend werden, zumal auch andere Fraktionen angesichts der anhaltenden Kritik aus der Bevölkerung ihre Positionen überprüften.

»Erinnerst du dich noch daran, dass die Stadt schon einmal eine Strafe zahlen musste, weil sie eine Bundesgartenschau ausrichten wollte, aber schließlich aus Geldmangel die Bewerbung zurückgenommen hatte?«

»Ja, irgendwas war doch da im Zusammenhang mit dem Stadtjubiläum. Wie kommst du darauf?«

»Mir sind gerade zwei Artikel eingefallen, über die ich im Stadtarchiv bei meinen Recherchen zu Jacob Rinnstein gestolpert bin. Wenn ich das richtig im Kopf habe, hatte die Stadt Mannheim 1991 einen Vertrag über die Ausrichtung einer solchen Veranstaltung für das Stadtjubiläum 2007 mit der Betreibergesellschaft abgeschlossen. 1995, in einer Zeit als überall gespart wurde, insbesondere im Personalbereich, beschloss der Gemeinderat gegen zwei Stimmen, eine davon die eines Gärtnermeisters, die Bewerbung zurückzunehmen. Die Bundesgartenschaugesellschaft bestand auf der Erfüllung der Vereinbarung, nach der die Stadt fast 400.000 DM Strafe zahlen musste, wenn sie vom Vertrag zurücktreten würde.«

»Irgendein älterer Gemeinderatskollege hat kürzlich eine spöttische Randbemerkung zu diesem Thema gemacht, die ich aber nur mit halbem Ohr mitgekriegt habe. Ich selbst war in den 90er Jahren ja noch nicht im Gemeinderat.«

Ich beschloss, meinem lieben Mann – ich nenne ihn so, auch wenn kein Trauschein unseren Bund besiegelt hat – die drängenden Fragen nicht zu stellen und machte mich lustlos auf den Weg zur Arbeit.

22

Auf dem Weg zur Praxis fuhr ich an der Kunsthalle vorbei. Dort, wo noch im Winter das stattliche Gebäude stand, war nichts als ein tiefes Loch. Zügig war das nicht mal dreißig Jahre alte Gebäude abgerissen worden, ›mit meinen Steuergeldern‹, dachte ich bei mir.

Meine Praxis befand sich im Erdgeschoss eines Wohn- und Geschäftshauses in der Schwetzingerstadt. Das Arbeitszimmer war einst ein Ladengeschäft gewesen. Wenn ich die Lamellenvorhänge öffnete, hatte ich durch das frühere Schaufenster einen guten Blick nach draußen. Heute war Freitag und ich begann mit meiner Telefonsprechstunde. Da nicht viele Anrufe eingingen, konnte ich mich – während ich die Post bearbeitete – relativ ungestört meiner eigenen Misere widmen. Wut und Trauer gingen eine unheilvolle Melange ein, ich war äußerst mies gelaunt und musste mich beherrschen, meine Gefühle nicht an meiner Kundschaft auszulassen. Die konnte nichts dafür.

Heute hatte ich fünf Einzeltherapien und um 17 Uhr eine Paartherapie, genauer gesagt würde mein Patient Herr R. heute endlich seine Frau mitbringen. Dieser schon Ende letzten Jahres vorgesehene Termin zu dritt war x-mal verschoben worden, entweder hatte die Gattin keine Zeit oder Herr R. bekam im letzten Moment Muffensausen. Bisher hatte er sich noch nicht gemeldet, so dass ich optimistisch war, die Angetraute kennenlernen zu dürfen.

Punkt 17 Uhr, die letzte Patientin war gerade gegangen, klingelte es an der Tür. Ich öffnete und begrüßte die beiden, bat sie ins Sprechzimmer, bot an, einen Stuhl aus dem Wartezimmer zu holen, aber Herr R. bestand darauf sich mit seiner Frau die Couch zu teilen. Mir sollte es Recht sein. Auf den ersten Blick passten Frau H.-R. und Herr R. nicht besonders gut zusammen. Während seine Augen nervös zwischen ihr und mir hin- und hersprangen, schaute sie mich ruhig und erwartungsvoll an. Trotz ihres hübsch zurechtgemachten Äußeren wirkte sie deutlich älter als mein Klient, der knapp die 40 überschritten hatte. Ein starker Parfümduft machte sich in meinem Sprechzimmer breit. Schon in meinem Informationsfaltblatt bitte ich meine KlientInnen, derlei olfaktorische Herausforderungen bei ihren Besuchen bei mir nur dezent einzusetzen, doch gerade sozialphobische Menschen trauen sich ohne diese chemischen Waffen kaum aus dem Haus, könnte doch ihr eigener Körperduft sie ungepflegt erscheinen lassen. So gehen in meinem Sprechzimmer Angstschweiß und künstliche Düfte eine Verbindung ein, die selbst am nächsten Morgen noch schwer in den Räumen lastet. Bei solchen Paargesprächen übernehme ich die Moderation und versuche, nach Absprache mit meiner Klientin oder meinem Klienten, Konfliktthemen offen anzusprechen. Zumeist möchten die Partnerinnen oder Partner gerne auch etwas von mir erfahren über die Art der Störung oder der Therapie. Wenn es mir sinnvoll erscheint, führe ich ein Zweiergespräch mit den Mitgebrachten. So auch hier. Nachdem ich der Ehefrau einiges über Symptomatik und Hintergründe der sozialphobischen Störung erklärt und direkt – so war es zwischen Herrn R. und mir vereinbart – über seine Befürchtungen in Bezug auf ihr Verhalten gesprochen hatte, bat sie mich um ein Gespräch unter vier Augen, und ich schickte Herrn R. für zehn Minuten ins Wartezimmer. Ohne Umschweife kam die Frau zur Sache. Sie sei froh, dass er die Therapie mache, aber die Fortschritte seien Schnecken. Sie halte ihn schon lange kaum noch aus. Seine Anhänglichkeit und sein Gejammer nervten sie ohne Ende. Dabei sei er ein fürchterlicher Langweiler, wolle kaum aus dem Haus, hänge ihr nur auf der Pelle. Sie selbst sei zwar abends nach ihrer Arbeit – sie betreibe ein florierendes Kosmetikstudio – auch müde, aber sie wolle sich nicht nur mit Verpflichtungen beschäftigen, bzw. sich zwischen Arbeit, Haushalt und Pflege ihres Mannes erschöpfen, sondern leben und das heiße für sie auch »Spaß haben«. Im Bett sei er nicht gerade der Fantasievollste, nein doch eher passiv und träge und erwarte, dass sie ihn befriedige.

»Also ehrlich gesagt bin ich am Ende meiner Kräfte und meiner Geduld«, seufzte Frau H.-R.

»Ihr Mann befürchtet ja, sie hätten einen Liebhaber. Haben Sie einen?«, fragte ich frei heraus.

»Glauben Sie mir, wenn ich mehr Zeit hätte, hätte ich einen. In meiner Branche habe ich es zwar fast ausschließlich mit Frauen zu tun, aber es fällt mir nicht schwer, Kontakte zu knüpfen, und auch im beruflichen

Umfeld begegnen mir interessante und interessierte Kandidaten. Bisher habe ich mich zurückgehalten, da ich wie gesagt, wenig Zeit habe. Aber wenn sich nicht bald was ändert, werde ich sämtliche Skrupel über Bord werfen. Schließlich habe ich kein zweites Leben in Reserve«, machte sie ihrer Frustration Luft.

Ich holte meinen Klienten zu uns zurück, und wir redeten ausführlich über potentielle Freizeitaktivitäten. Auf Wunsch von Frau H.-R. berichtete ich in abgemilderter Form über Inhalte unseres Gesprächs. Allerdings machte ich Herrn R. klar, dass seine Gemahlin deutlich mehr Lebendigkeit in der Beziehung wünsche und unterstrich den Ernst der Lage.

Nachdem das Pärchen (Arm in Arm!) die Praxis verlassen hatte, ergänzte ich meine Notizen und räumte den Schreibtisch auf. Wie mir diese Beziehungskrisen auf die Nerven fielen. Der Glaube an die ewige Liebe war mir früh abhanden gekommen, schließlich durfte ich bei meinen Eltern schon eine typische Kampfbeziehung miterleben, doch allmählich erschienen mir die Beziehungen zwischen Männern und Frauen chronisch krank. Kein Wunder, waren sie doch mit Ansprüchen maßlos überfrachtet.

Nein, ich hatte ihn nicht vergessen und nicht verdrängt, der Gedanke an meinen eigenen Lebensgefährten waberte ständig durch meinen Hinterkopf. Es würde mir schwerfallen, aber wer, wenn nicht ich, sollte in der Lage sein, den Konflikt zu klären. Immer wieder ermuntere ich meine Klientinnen und Klienten offen mit ihren Partnern und Partnerinnen zu sprechen, statt aus lauter Angst vor Streit alles in sich hineinzufressen. Ich beschloss, Albert mit meinen Informationen zu konfrontieren.

Der Briefkasten war leer, Albert musste schon da sein. Voller nervöser Anspannung betrat ich unsere Wohnung. Keine Geräusche, kein Essensgeruch, dafür ein Zettel auf dem Küchentisch: »Musste nochmal fort, kurzfristig anberaumte Fraktionssitzung, warte nicht auf mich, es wird spät. Mach dir einen gemütlichen Abend.«
Schon wieder? Lustlos schmierte ich mir ein paar Brote und aß sie in der Küche. Ich war versucht, ihn unter einem Vorwand anzurufen, entschied mich dagegen. Es war nicht mein Stil, ihn zu kontrollieren, und in all den gemeinsamen Jahren gab es auch keinen Grund dafür. Um mich abzulenken setzte ich mich vor die Glotze und schlief trotz der hochdramatischen Verwicklungen auf der Mattscheibe bald ein. Gegen 22 Uhr wachte ich wieder auf, der Krimi war vorbei, eine Magazinsendung lief. Ich ging ins Bett und brütete weiter vor mich hin. Besser hätte ich mich am heutigen Freitagabend mit jemandem verabredet, aber es war schwer, kurzfristig eine Gesprächspartnerin zu finden, alle waren mit tausend Dingen beschäftigt, sodass spontane Verabredungen selten möglich waren. Erst spät, es mochte 24 Uhr gewesen sein, hörte ich Geräusche in der Wohnung. Albert schlich in sein Zimmer ohne mir gute Nacht zu sagen. Ich war zu müde und zu frustriert um nochmal aufzustehen, die Unterredung musste warten.

»Guten Morgen, meine Liebe«, weckte mich Albert aus dem Tiefschlaf, gab mir einen sanften Kuss auf die Stirn und stellte mir einen Pott Kaffee auf den Nachttisch.

»Ich muss gleich fort, habe einen Kundentermin und weiß nicht wie lange es dauern wird, ich rufe dich später mal an, mach dir einen schönen Tag.«

»Einen schönen Tag, einen schönen Abend, sag mal bist du überhaupt irgendwann zuhause?«, blaffte ich ihn an.

»Oh, sorry, dass ich arbeiten muss, mir war gar nicht bewusst, dass es dir so wichtig ist, mit mir Zeit zu verbringen. Schön zu hören!«, gab er gereizt zurück.

»Vielleicht müssen wir tatsächlich einen Termin ausmachen, damit wir miteinander sprechen können.«

»Oh, gibt es etwas besonderes, tut mir leid, aber jetzt muss ich gehen, bin schon spät dran«, beeilte er sich meinen Anwürfen zu entgehen.

»Dann dir einen schönen Tag«, rief ich ihm hinterher.

Die Tür fiel ins Schloss.

Nein, das war nicht mehr witzig, da stimmte was nicht, so gingen wir normalerweise nicht miteinander um und schon dreimal nicht an unserem ›heiligen‹ Samstag. Das hätte er mir doch vorher sagen können. Er ging mir aus dem Weg. Wegen dieser Frau? Hatte er ein schlechtes Gewissen und wollte meinen Fragen entgehen? Schließlich wusste er, dass er mit ihr gesehen worden war. So und das war nun mein Wochenende. Ich schaute den Veranstaltungsteil der Tageszeitung durch und beschloss, mich später ins städtische Getümmel zu stürzen. Neue Klamotten konnten auch nichts schaden, selbst wenn der Schrank jetzt schon aus den Nähten platzte. Es fiel mir schwer, mich von alten Stücken zu trennen, war doch alles noch gut.

Ich gehe selten shoppen, aber wenn, dann schlage ich richtig zu. Mir passte alles, ich hatte die 38er Normfigur, so dass ich in erklecklicher Auswahl schwelgen konnte. Früher trug ich eher dunkle Sachen, seit den Wechseljahren war ich auf die Farbe gekommen, je oller, je doller. Ich betrachtete mein Spiegelbild und gefiel mir nicht schlecht. Zumindest eingepackt sah ich nicht übel aus. Ich ertappte mich bei dem Bedürfnis, meine Wirkung auf das andere Geschlecht auszutesten.

Nachdem meine Stimmung sich angesichts der in meinem Zimmer ausgebreiteten Neuerwerbungen erholte, rief ich meinen alten Kumpel Wolfgang an. Wir kannten uns seit der Schulzeit, zeitweise war er mehr als ein Kumpel gewesen. Da wir rechtzeitig – bevor wir uns zu sehr in Emotionen verstrickten – gespürt hatten, dass unsere Vorstellungen von Liebesbeziehung kaum kompatibel waren, gelang es uns, ein freundschaftliches Verhältnis aufrechtzuerhalten. Wolfgang war ein Einzelgänger, tat sich mit beruflichen Verpflichtungen genauso schwer, wie mit Verbindlichkeit in Beziehungen. Nichtsdestotrotz war er ein netter Kerl. Da er nur sporadisch etwas mit anderen unternahm und sich eher selten längerfristig festlegte, war er auch einer der wenigen, die spontan rekrutierbar waren. Er freute sich über meinen Anruf und wir plauderten am Telefon munter drauf los, schließlich hatten wir uns eine Ewigkeit nicht mehr gesehen. Meinen Vorschlag tanzen zu gehen, nahm er mit Begeisterung und der spöttischen Bemerkung »da werden wir unseren Enkeln begegnen, die wir nicht haben« auf. Wir lachten und verabredeten uns für 19 Uhr.

Den Nachmittag verbrachte ich mit ›Monikapflege‹, deren Hauptbestandteil ein längerer Aufenthalt in der Badewanne war. Nein, Albert meldete sich nicht, kein Anruf, keine SMS.

Um halb sieben machte ich mich frisch gestriegelt und geschniegelt auf den Weg. Wolfgang und ich wollten uns in Heidelberg am *Alten Hallenbad* treffen. Ein mutiger Investor hatte den heruntergekommenen Kasten erworben und in langjähriger und mühevoller Kleinarbeit zu neuem Leben erweckt. Ich hatte meine Zweifel, dass das Konzept – eine Mischung aus Läden mit Dekorationsartikeln, Lebensmitteln und Getränken, die alle nicht unbedingt nötig, aber überteuert erschienen – aufgehen würde. Auf jeden Fall war es ein schöner Ort. Ich parkte mein Auto in der Tiefgarage in der Poststraße. Wolfgang wartete vor dem Naturkostladen.

»Du siehst umwerfend aus, seit wann trägst du solche Klamotten?«

Nach einer stürmischen Umarmung gingen wir über die Außentreppe in das erste Obergeschoss und gönnten uns einen Prosecco bei dem winzigen Weinstand, dessen freundlicher Inhaber Kundschaft brauchen konnte. Nein, überlaufen war hier nichts. Beim üblichen Updaten kam logischerweise auch die Frage »und wie steht es zwischen Albert und dir«, die ich wahrheitsgemäß beantwortete. Wolfgangs Mitleid hielt sich in Grenzen, hatte er meinen Gefährten doch noch nie sonderlich gemocht. Ich fürchte, er hätte auch keinen anderen Mann an meiner Seite goutiert.

»Da können wir heute Abend ordentlich einen draufmachen«, freute er sich über mein Elend.

Wir setzten unsere angeregte Unterhaltung bei einem Imbiss im vegetarischen Restaurant *RED* fort. Wolfgang hatte sich letztes Jahr nach langer Abstinenz verliebt, ›natürlich‹ war die Frau 20 Jahre jünger und vergeben. Das entlastete ihn von der Verantwortung einer ernsthaften Beziehung, wie er selbstkritisch feststellte. Aber er habe seinen Spaß gehabt und genossen, bis die junge Frau – aus Angst vor Entdeckung durch ihren Mann – die Affäre beendet habe. Seither sei er wieder solo.

»Du kannst mich also haben«, frotzelte er.

Ich lachte. Solche Anspielungen gehörten zu unserem Umgang miteinander, wobei ich schon lange den Verdacht hege, dass Wolfgang nur eine einzige große Liebe gehabt hatte und er diese Angebote ernster meinte als sie klangen.

Ausnahmsweise erlaubte ich mir einen Nachtisch, die Schokoladencreme sah nicht nur lecker aus, sie schmeckte auch so. Das Lokal, das in Heidelberg eine Marktlücke geschlossen hatte, war stets gut besucht, es schien eine echte Goldgrube zu sein. Wir waren jedenfalls satt, fast zu satt zum Tanzen.

»Ich war eine Ewigkeit nicht mehr in einer Disko, du?« fragte Wolfgang.

»Ach du weißt ja, dass Albert kein großer Tänzer ist, unsere Bekannten auch nicht, von daher gab es kaum Gelegenheit. Es ist auch alles andere als leicht ein passendes Lokal für unsere Altersgruppe zu finden. Die Clubbetreiber scheinen Menschen jenseits der 30 nicht als Zielgruppe zu betrachten.«

»Eigentlich seltsam, wo wir doch die erste Generation sind, die quasi von Geburt an mit Rock- und Popmusik aufgewachsen ist. Wie bist du darauf gekommen tanzen zu gehen?«

»Ich habe zufällig gesehen, dass in der *Halle 02* heute Ü-30-Party ist und hatte Lust mich mal wieder zu bewegen.«

»Dann fühle ich mich geehrt von dir gefragt worden zu sein, hoffentlich kann ich das noch.«

Wir holten mein Auto aus der Tiefgarage und ich fuhr in Richtung *Bahnstadt*. Ich wusste nur ungefähr wo sich die Halle befand, war ich doch vor Jahren schon mal im Rahmen des *Internationalen Fotofestivals* dort gewesen, als die ganze Gegend noch Baustelle war und ich regelrecht durch Schlamm waten musste. Wir fanden die Location in dem immer noch unfertigen Neubaugebiet – schön ist anders – in dem die horrend teuren Wohnungen angeblich bereits vor Baubeginn komplett verkauft worden sein sollten. Heidelberg als eine der begehrtesten Städte Deutschlands hatte keine Probleme seine Immobilien loszuwerden, und die Investoren standen mit der Aussicht auf eine Rendite von 17 Prozent Schlange.

Es war fast 22 Uhr und wir waren die ersten. Die beiden DJs thronten auf einer Bühne hinter ihrer Anlage. Die Musik war gut und wir gingen sofort auf die Tanzfläche. Ich liebe es Platz zu haben und nutzte ihn aus. Nach und nach kamen noch mehr Tanzwütige, auffallend viele Frauen. Bald war die Tanzfläche gut bevölkert. Wolfgang und ich gehörten zu den Ältesten. Leider veränderte sich die Musik mit dem Anwachsen des Publikums immer mehr zu einem extrem lauten dumpfen Klangbrei, in dem die Melodien der Songs nur noch zu erraten waren. Dafür wummerten die Bässe so massiv, dass es in der Herzgegend schmerzte. Wir zogen uns an die Bar zurück, wo es immer noch sehr laut aber erträglicher war. Da ich fahren musste, beließ ich es bei einem alkoholfreien Bier, während Wolfgang sich ein ›richtiges‹ genehmigte. Als er seinen Arm um mich legte, ließ ich ihn gewähren, war ja nur freundschaftlich. Ich dachte daran, was Albert wohl gerade machte, und schmiegte mich ein wenig enger an meinen Tanzpartner. Unterhalten konnten wir uns bei der Lautstärke nicht, so saßen wir schweigend auf der Bank.

»Fährst du mich heim?«, fragte Wolfgang in mein Ohr.

»Mache ich gerne«, schrie ich zurück.

Es war fast zwölf als wir in die angenehm frische Luft vor der Halle traten, Arm in Arm.

Wolfgang wohnte seit Studentenzeiten in Heidelberg. Sein Germanistikstudium inklusive Referendariat hatte er mit Ach und Krach zu Ende gebracht, aber als Lehrer in einem Gymnasium zu arbeiten, war ihm zunächst aufgrund der Einstellungspolitik der Landesregierung nicht gegönnt und später, als Lehrer händeringend gesucht wurden, wollte er nicht mehr. Wenn er Geld brauchte, half er als Taxifahrer oder Bedienung aus. In Heidelberg war es nicht schwer an solche Jobs zu kommen, zumal Wolfgang erfahren und zuverlässig war. Da er nicht über ein regelmäßiges Einkommen verfügte, war seine aktuelle Behausung in der Bergstraße zwar etwas komfortabler als die ersten Buden, aber immer noch bescheiden, das Mobiliar vom Sperrmüll oder von Verwandten geerbt. Wolfgang legte auf materielle Dinge keinen Wert. Er besaß kein Auto und bewegte sich zu Fuß oder mit Fahrrad, Bus und Bahn. Ich hatte Glück und ergatterte einen Parkplatz in der Nähe der Wohnung.

»Kommst du noch mit rauf?«

Ich hatte die Frage erwartet und zögerte dennoch mit der Antwort.

»Nein, lass mal, ich glaube es ist besser, wenn ich gleich fahre. Albert wartet vermutlich schon, ich habe ihm keine Nachricht hinterlassen.«

»O.k., war ein schöner Abend, danke.«

Wolfgang hauchte mir einen Kuss auf die Backe und stieg aus.

Ich fuhr mit einem mulmigen Gefühl los, das sich verstärkte je näher ich unserer Wohnung kam. Von außen sah ich Licht, Albert war da.

Ich stieg die Treppen hoch und fühlte mich schlecht. Das neue rote Kleid umhüllte mich wie eine Wursthaut. Aus der Wohnung drangen Stimmen, Albert hatte den Fernseher an. Ich schloss auf und bewegte mich ins ›dritte‹ Zimmer, wo das Gerät stand. Albert hing im Sessel und schlief. Als ich den Fernseher ausschaltete, wachte er auf.

»Na, kommst du auch noch, ich habe nicht mehr mit dir gerechnet. Und wie siehst du denn aus?«

»Gefällt es dir?« bemerkte ich trotzig.

»Es ist rattenscharf.«

Ich musste grinsen und setzte mich in den zweiten Sessel. Die Anspannung löste sich. Bei einem Glas Wein tauschten wir uns aus, die Kommunikation war oberflächlich, die wichtigen Themen oder besser die Konflikte, die damit verbunden waren, vermieden wir, wir redeten ohne etwas zu sagen.

Alleine in meinem Bett dachte ich noch lange nach. War das das Leben das ich leben wollte, dominiert von Arbeit, Gewohnheiten, Routine? Welchen Stellenwert hatte Albert darin, welchen ich in seinem Leben? Es ging uns nicht schlecht, wir hatten ein relativ sicheres Einkommen, eine gemütliche Wohnung, einen verlässlichen Freundeskreis, wir hatten uns eingerichtet und dank unserer Paarbeziehung waren wir nicht allein. Es war eine vertraute Person da, deren Aufgabe es war, da zu sein. Diese Aufgabe erfüllten wir uns gegenseitig. Wir mochten uns, hatten trotz oder wegen unserer langjährigen Vertrautheit ein gutes Körpergefühl miteinander, akzeptierten die altersbedingten Veränderungen. Vor allem gaben wir uns die Sicherheit nicht einsam sein zu müssen. Andere leisten sich dafür einen Hund.

Gegen 10 Uhr wachte ich auf und fühlte mich erholt. In der Wohnung war es ruhig, Lebenszeichen der übrigen Bewohnerinnen und Bewohner des Hauses drangen gedämpft durch Wände, Boden und Decke. Ich stand auf und schlurfte in die Küche. Die Thermoskanne war noch halb voll, ich füllte meinen Kaffeebecher und las den Zettel auf dem Küchentisch.

»Einen Menschen, der so zufrieden schnarcht wie du, sollte man nicht wecken. Ich muss kurz was erledigen, komme gegen 12 zurück. Bis später.«

Auch gut, so konnte ich in Ruhe meine Zeitung lesen. Ich hatte wirklich gut geschlafen und nahm mir vor, den heutigen Sonntag entspannt zu genießen. Mein Handy avisierte eine neue Nachricht. Wolfgang hatte mir eine SMS geschickt:

»Liebste Monika, du roter Traum meiner schlaflosen Nacht. Wir müssen uns bald wiedersehen, ich schmachte.«

Das hatte mir gerade noch gefehlt. Nein, lieber Wolfgang ich schmachte nicht. Du bist ein netter Kerl, aber immer noch nicht mein Typ. Ich schrieb:

»Danke für die Blumen. Es war ein schöner Abend.«

Punkt 12 Uhr stürmte Albert in die Wohnung, drückte mich fest, grinste mich an und fragte:

»Was hältst du davon ein Haus zu kaufen?«

»Ein Haus? Wie kommst du denn da drauf?«

»Der Kunde, bei dem ich gestern war, ist Immobilienmakler und hat mir ein interessantes Angebot gemacht. Ich war gerade dort und habe es mir angesehen. Das Haus hat zwei Stockwerke, unten sind Gewerberäume und oben eine große Wohnung. Da könnte ich mir endlich ein ordentliches Büro einrichten. Auch ein kleiner Garten ist dabei, eine Garage und zwei Abstellplätze,« Albert holte Luft.

»Und wo ist das Haus?«

»Na ja, das ist der Nachteil. Das Haus ist auf der Schönau, aber in einem intakten Wohngebiet, sehr grün, sehr ruhig.«

Ich wusste nicht was ich sagen sollte. Nie hatten wir ernsthaft erwogen, uns Wohneigentum anzuschaffen, das war uns doch eher spießig erschienen, so dachte ich. Was sollten wir im Mannheimer Norden, wir liebten die Stadt mit ihrer Infrastruktur, der Kultur, den kurzen Wegen und der Lebendigkeit. So oder so ähnlich argumentierte ich.

»Ist das dein Ernst?«

»Schade, ich hatte gehofft, dich dafür begeistern zu können. Weißt du, ich habe in den letzten Monaten oft über uns nachgedacht und mir ist bewusst geworden, dass wir nicht mehr viel zusammen machen. Da kam mir der Vorschlag des Herrn Weidenbach wie die rettende Idee vor, endlich ein Projekt, das wir gemeinsam voranbringen könnten. Aber du hast das Haus ja noch nicht gesehen, mir hat es gut gefallen, ich habe es auf dem Rückweg schon umgestaltet und eingerichtet. Wenn du Lust hast, fahren wir gleich nochmal hin und du kannst es zumindest von außen in Augenschein nehmen?«

»Du überraschst mich, aber ansehen kostet ja nichts.«

Albert hatte einen Parkplatz vorm Haus ergattert, sonntags kam das vor, wir stiegen ein und fuhren durch die nahezu menschenleeren Industriegebiete in den Norden. Albert war ausnehmend gut gelaunt und berichtete von seinem Auftraggeber und dessen Angebot.

»Der Weidenbach, ein netter Mann in unserem Alter,

wollte das Haus ursprünglich für sich bzw. für seinen Sohn und dessen Frau erwerben. Die zwei bekommen bald ein Kind und wollen raus aus ihrer ungünstig geschnittenen Dreizimmerwohnung in der Schwetzingerstadt, am liebsten in ein Haus im Grünen. Die Eigentümer waren überfordert mit dem Haus, der Mann hat Parkinson und die Frau Diabetes, so dass sie kürzlich in eine betreute Wohnung gezogen sind. Die Tochter wohnt in Frankfurt und hat kein Interesse an dem Haus, so ist der Makler beauftragt worden es zu verkaufen. Die Eigentümer boten es zu einem fairen Preis an, allerdings sind die Immobilienpreise auf der Schönau ohnehin deutlich niedriger als in den sogenannten besseren Vierteln. Jedenfalls habe es die junge Frau rundweg abgelehnt, ihr Kind auf der Schönau großzuziehen, sie suche ein gutes Umfeld mit guten Kindergärten und Schulen, berichtete Herr Weidenbach und fragte mich, ob ich Interesse hätte, da ich ihm mal erzählt hatte, dass mein Arbeitsplatz suboptimal ist.«

Albert sprudelte, ich beschränkte mich aufs Zuhören. Es war wenig Verkehr, in zehn Minuten standen wir vor dem Haus. Von außen machte es nicht viel her, der grünliche Verputz war schmutzig und von zahlreichen Rissen durchzogen. Die Garage zierte ein hässliches Graffiti, der kleine Vorgarten war ungepflegt, Fenster und Eingangstür trugen das deutsche Einheitsdunkelbraun. Schön war anders. Albert sah mich erwartungsfroh an, meine Skepsis war unübersehbar.

»Es gefällt dir nicht? Schade, dass wir nicht reinkönnen, es ist wirklich sehr geräumig, man kann was draus machen. Ich muss Herrn Weidenbach bald um eine weitere Besichtigung bitten, heute ist er leider nicht mehr in Mannheim.«

»Aber wie kommst du denn nur darauf, dass ich Lust haben könnte in ein Haus auf der Schönau zu ziehen?« musste ich meiner Verblüffung abermals Ausdruck verleihen.

»Du, das war jetzt alles ganz spontan. Wie gesagt, ein Büro könnte ich dringend brauchen, und mit einem größeren gemeinsamen Projekt könnten wir unsere doch recht dauerhaft eingeparkte Beziehungskiste wieder etwas in Fahrt bringen. Meinst du nicht?«

Ich musste lachen.

»Dauerhaft eingeparkte Beziehungskiste ist schon eine witzige Beschreibung unserer Situation. Aber bei Hauskauf denke ich an den nicht unüblichen Verlauf von Beziehungen: erst die Heirat, dann die Kinder und das Haus, dann der Hund und dann das Aus.«

»Nachdem wir durch unseren Verzicht auf Heirat und Kinder die Qualität unserer Verbindung bewiesen haben, bleibt uns ja nur noch der Hauskauf, wenn wir die letzte Möglichkeit zur Zerstörung unserer Beziehung nicht verpassen wollen«, frotzelte Albert.

»Und was ist mit dem Hund?«

23

Gestärkt durch den mit Albert entspannt und anregend verbrachten Sonntag, ja, Alberts Idee des Hauskaufs hatte belebend gewirkt und ja, wir hatten erstmals seit langem die Nacht in einem Bett verbracht, stürzte ich mich zwar etwas müde, aber doch mit Elan in die Herausforderungen der Arbeitswoche. Nein, wir hatten nicht über unsere Konflikte gesprochen, nein, ich habe Ellens Informationen nicht thematisiert.

Heute standen einige schwierige Fälle auf dem Programm. Als Erster würde Herr C. kommen, dessen Hauptproblem seine narzisstische Persönlichkeitsstörung war, die er aber diagnosetypisch leugnete und stattdessen alle anderen Menschen in seiner Umgebung für seine Misere verantwortlich machte. Sein Chef – Herr C. arbeitete als Computerfachmann in einer großen Versicherung –, verweigere ihm die Anerkennung, obwohl er sich »für den Laden« kaputt arbeite. Seine Schwiegereltern missbrauchten ihn zwar ständig als Helfer in allen Notlagen, wenn es ums Verteilen des potentiellen Erbes ging, würde die Schwester seiner Frau bevorzugt. Er wohne wohl im Haus der Schwiegereltern, aber seinen Einsatz zur Werterhaltung des alten Kastens danke ihm niemand. Stattdessen müsse er auch noch Miete bezahlen. Von seiner Frau, die eine gutdotierte Stelle an der Universität bekleidete, sprach Herr C. fast nie. Es war deutlich, dass er sich ihr unterlegen fühlte. Während sie aus »gutem Elternhaus« stammte, war er auf einem Bauernhof in ›einfachen Verhältnissen‹ aufgewachsen und schämte sich dafür. Sein Vater war ein jähzorniger Despot gewesen, der die Familie mit eiserner Faust regierte. Die Mutter hatte nichts zu sagen gehabt und taucht in seinen Schilderungen kaum auf. Interessant ist das Frauenbild des Herrn C. Einerseits bewundert er erfolgreiche Frauen, andererseits spricht er voller Verachtung über sie. Ein besonderer Dorn im Auge sind ihm weibliche Vorgesetzte (»die hat sich hochgeschlafen«). Niemals würde er im Sitzen pinkeln, erzählte er mir in Bezug auf die diesbezüglichen »absurden« Forderungen seiner Schwägerin, die seine Lieblingsfeindin zu sein schien. »Selbstverständlich« versorgte Herr C.s Frau neben ihrer Ganztagsarbeit an der Universität den Haushalt des Paares alleine. Mein Klient kümmerte sich derweil um die »wichtigen« Dinge, sprich Auto, Geldanlagen und kleinere Reparaturen am Haus. Dass derlei Aufgaben im Gegensatz zu denen im Haushalt nur ab und an anfielen und damit die für das eheliche Zusammenleben aufgebrachte Arbeitszeit sehr ungleich verteilt war, störte Herrn C. nicht, zumal er schlicht davon ausging, dass Haushalt Frauensache sei. Offenbar hatte seine Frau dies – trotz allen Erfolgs im Beruf – lange Zeit genauso gesehen. Ich arbeitete erst seit kurzem mit Herrn C. Meist waren bei diesem Störungsbild massive Konflikte am Arbeitsplatz mit längerer Krankschreibung oder die Drohung der Ehefrau die Scheidung einzureichen der Hintergrund für den Gang zur Therapeutin. Bei Herrn C.

hatte der krankschreibende Hausarzt dringend zur Therapie geraten, Herr C. stand in beiden Bereichen kurz vor einem Desaster. Entgegen anderslautender Aussagen von Kollegen halte ich Narzissten für gut therapierbar, da gut führbar. Das überheblich aggressive Auftreten kann nicht darüber hinwegtäuschen, dass diese Männer im Inneren nichts anderes sind, als verletzte kleine Buben, die verzweifelt nach Anerkennung suchen.

Um 12 Uhr kam Frau O., eine Patientin, die unter einer ängstlich-vermeidenden Persönlichkeitsstörung litt. Die ursprünglich aus Russland stammende Frau lebte mit Mann und zwei Kindern in einer Eigentumswohnung. Vor zwei Jahren hatte sie die Therapie in einer schweren depressiven Krise angefangen. Obwohl sie über mehrere Ausbildungsabschlüsse verfügte, war sie zum damaligen Zeitpunkt nicht berufstätig, sondern beschäftigte sich mehr schlecht als recht mit Haushalt und Kindererziehung. Die verwöhnte kleine Tochter hing an ihr wie eine Klette, mit dem 14-jährigen Sohn hatte sie eine Kampfbeziehung. Er ging ähnlich respektlos mit seiner Mutter um, wie es ihm der Vater vorlebte. Frau O.s Ehemann verdiente als selbstständiger Programmierer das gesamte Familieneinkommen und beschimpfte seine Frau nahezu täglich wegen ihrer mäßigen Qualitäten als Hausfrau und Mutter. Zu Beginn der Therapie war Frau O. völlig verunsichert und verzweifelt. Bei ihr zuhause sehe es aus, als ob eine Bombe eingeschlagen habe, Mann und Sohn seien respektlos zu ihr, hätten aber auch Grund dafür, sie versage schließlich bei allem, was sie tue.

Dabei müsse sie ja nur das bisschen Haushalt machen und für die Kinder da sein. Nach einem Jahr Therapie war Frau O. in der Lage, an einer Abendschule in ihrem Beruf als Sprachlehrerin zu arbeiten. Zwar bereitete sie jede Stunde akribisch vor, um ja keinen Fehler zu machen - ihr realer Verdienst bewegte sich dadurch unter dem Mindestlohn -, aber die Arbeit mit den erwachsenen Menschen aus fernen Ländern machte ihr Spaß und verschaffte ihr die so dringend benötigten Erfolgserlebnisse. Nach zwei Jahren dachte sie ernsthaft über Trennung von ihrem Mann nach - inzwischen hatte sie mehrere Jobs -, aber das Leben ohne die Absicherung durch ihn machte ihr immer noch mehr Angst als seine Gewaltexzesse, an die war sie gewöhnt.

Den Termin vor der Mittagspause hatte ich für Luise Rinnstein reserviert. Es war ihre dritte sogenannte probatorische Sitzung. Ich war sehr gespannt, wie die Geschichte weitergehen würde und ob sich der Ehemann denn endlich gemeldet hatte. Das fragte ich sie dann auch gleich nach der Begrüßung.
»Gestatten Sie, dass ich erst ein wenig aushole bevor ich Ihre Frage beantworte?«
»Ja, sicher.«
Danach entledigte sich Luise Rinnstein lange aufgestauter Frustrationen.
»Mein Mann ist ein Eigenbrötler. Als Verkäufer in unserem Schuhgeschäft spielte er seine Rolle professionell. Privat interessierten ihn völlig andere Dinge. Was ihn begeisterte, waren Bilder. Vielleicht hätte er

gerne selbst gemalt, doch hätte er sich nie getraut, sich den ehrgeizigen Plänen seiner Mutter aktiv zu widersetzen. Der Krieg unterbrach den vorgezeichneten Weg zum Mediziner, danach diente er als kaum zu widerlegendes Argument für die Unmöglichkeit einer Realisierung. Wie ich erst später erfuhr, hatten es ehemalige Klassenkameraden Jacobs durchaus geschafft ihre unterbrochene akademische Laufbahn nach dem Krieg zu vollenden, während mein Mann sich in das zwar ungeliebte aber doch recht bequeme Dasein als Schuhverkäufer schickte. Dabei beschränkten sich seine Aktivitäten auf das charmante Parlieren mit unserer weiblichen Kundschaft, was er perfekt beherrschte. Seine Verkaufsgespräche waren bühnenreife Auftritte des Kavaliers alter Schule. So galant und aufmerksam er unsere Kundinnen betreute, so faul ließ er sich nach getaner Arbeit von mir bedienen, ja, in jeder Hinsicht, wenn Sie verstehen, was ich meine. Mein Arbeitstag begann morgens um sechs und endete nicht selten nach Mitternacht. Während ich nach einem langen Tag im Verkauf erst den Laden aufräumte und die Abrechnung machte, unser Abendessen bereitete, danach abräumte und die Küche säuberte, pflegte Jacob seine einzige Liebe, die Kunst. Er studierte Kataloge, tauschte sich mit anderen Sammlern aus, begutachtete seine Schätze und versank in seiner Welt der Malerei.«

»Unterstützte er Sie nicht in geschäftlichen Dingen, z.B. dem Einkauf oder der Buchhaltung?«

»Nein, das war mein Terrain. Wobei ich Jacob zugute halten muss, dass er ein Händchen hatte für den Kunsthandel und im Laufe der Zeit satte Gewinne erzielte. Er beobachtete den Markt und hatte ein Gespür für dessen Entwicklung. Insofern trug er mit seinem Hobby nicht unerheblich zur Steigerung unseres Vermögens bei. Von den wertvollsten Stücken trennte er sich allerdings nie.«

»Sind das die Kunstwerke, die er der Stadt gestiftet hat?«

»Ein Teil davon. Und um Ihre Frage vom Anfang zu beantworten, nein, Jacob hat sich nicht gemeldet.«

Ich setzte meine Diagnostik fort, überprüfte anhand eines Fragebogens in wieweit Luise Rinnstein an Ängsten litt, auch hier ergaben sich keine gravierenden Hinweise für krankhafte Abweichungen. Eine sozialphobische Tendenz war für Frauen dieser Generation, die zur Unauffälligkeit erzogen worden waren, normal, allerdings nichtsdestoweniger einschränkend. Am Ende der Stunde druckte ich noch den Genehmigungsantrag an die Krankenkasse aus, damit die Therapie bewilligt werden würde, und legte meiner Klientin das Formular zur Unterschrift vor.

»Das was wir hier machen ist Verhaltenstherapie?«, fragte sie bevor sie nach meiner Zustimmung das entsprechende Kästchen ankreuzte.

Sie bedankte sich und betonte wie froh sie sei, sich zur Therapie entschlossen zu haben. Wir verabschiedeten uns.

Luise Rinnstein war keine Kranke im engeren Sinne. Ganz im Gegenteil war sie psychisch stabil wie wenige. Aber sie litt unter einer Last, die sie loswerden musste. Dafür brauchte sie eine neutrale Person, die ihr zuhörte ohne zu bewerten und Ratschläge zu erteilen. Auch das war Aufgabe einer Psychotherapeutin. Nach wie vor konnte ich indessen nicht erkennen, wo ihr Mann sich aufhielt und ob sie es wusste. Möglicherweise befand er sich aufgrund von Pflegebedürftigkeit in einem Heim und meine Klientin hatte Schuldgefühle, weil sie nicht bereit gewesen war, ihn zu Hause zu pflegen. War er an Demenz erkrankt? Das würde manches erklären. Viele Menschen haben Skrupel, ihre Angehörigen professionellen Betreuungseinrichtungen anzuvertrauen, niemand möchte ohne Not unter diesen oft unwürdigen Bedingungen seinen letzten Lebensabschnitt verbringen. War es leichter, eine solche Entscheidung zu treffen, wenn die Beziehung so schwierig war wie beim Ehepaar Rinnstein? Warum sprach Luise Rinnstein nicht offen darüber?

Mein Anrufbeantworter blinkte.
»Hallo Frau Doktor, ich bräuchte auch mal eine die in meinem Kopf aufräumt, ich kriege dich nicht aus meinem Hirn. Ruf doch mal zurück.«
Wolfgang! Was war denn in den gefahren? Glaubte er die Gunst der Stunde nutzen zu können? Ich wählte seine Nummer und versuchte ihm freundlich aber bestimmt zu erklären, dass ich nicht vorhatte, Albert zu verlassen oder ihn zu betrügen. Er verstand und beteuerte, es nicht so ernst gemeint zu haben, seine Enttäuschung konnte er nicht verbergen. Männer!

Der Rest der Arbeitswoche verlief wie so oft in vertrauter Routine. Während ich von morgens bis abends therapierte, erledigte Albert seine Aufträge und absolvierte politische Termine. Wir gingen uns nicht bewusst aus dem Weg, aber wir begegneten uns auch nicht bewusst. An manchen Tagen waren nur die kleinen Zettel, die wir uns gegenseitig zur Information über unsere Aktivitäten auf dem Küchentisch hinterließen, Zeugen der vorübergehenden Anwesenheit der bzw. des anderen. Immerhin hatten wir uns fest vorgenommen den Samstag miteinander zu verbringen. Ich freute mich darauf.

Am heutigen Freitagabend musste ich noch Herrn R. verarzten, dann war Wochenende. Ich war gespannt darauf, wie sich die Beziehung mit seiner Frau nach unserem Termin zu dritt entwickelt haben würde. Es klingelte. Schon als ich ihn von weitem sah, war klar, dass es Herrn R. miserabel ging. Er grüßte knapp, setzte sich und bekam feuchte Augen.

»Was ist passiert?«

»Ich weiß nun sicher, dass meine Frau einen anderen hat«, schluchzte er.

»Wie kommen Sie darauf?«

»Ich habe ihr Handy kontrolliert.«

»Und was haben Sie dabei gefunden?«

»Eindeutige Botschaften«, antwortete er einsilbig.

»Erzählen Sie mir, wie es nach ihrer letzten Stunde weiterging.«

»Na ja, es war danach zunächst ganz gut. Wir sind essen gegangen, wie Sie es uns empfohlen hatten, und haben uns unterhalten. Aber schon kurz danach auf dem Heimweg hat sich meine Frau beschwert, dass ich so wenig rede, so wenig über unsere Probleme rede, meinte sie. Sie habe das Gefühl, Monologe zu halten. Ich konnte dann garnichts mehr sagen, was hätte ich auch sagen sollen, sie hatte ja Recht.«

»Und warum sprechen Sie nicht mit ihrer Frau über ihre Beziehungsprobleme?«

»Ich weiß, ich bin der komplette Versager, ich kann es ihr nicht recht machen«, jammerte er.

»Sie trauen sich nicht mit Ihrer Frau offen zu reden?«

»Nein, ich weiß nicht, was ich ihr sagen soll, was sie hören will.«

»Gut, dann berichten Sie mir doch bitte, was Sie auf dem Handy Ihrer Frau gelesen haben.«

»Sie schreibt mit einem Mann.«

»Was schreibt sie ihm?«

»Sie bedankt sich bei ihm.«

»Für was?«, versuchte ich ihm die Würmer aus der Nase zu ziehen.

»Warten Sie, ich lese es Ihnen vor. Ich habe es notiert.«

Er kramte sein Telefon aus der Hosentasche und suchte darin herum.

»Hier ist es. Also ich lese es Ihnen vor?«

»O.k. tun Sie das.«

»Danke, mein lieber Freund für den schönen Abend. Es tat gut mit dir zu reden.«

»Wieso glauben Sie, dass der Mann ihr Liebhaber ist?«

»Er schreibt ihr, sie sei eine tolle Frau, er genieße ihr Lachen usw. Er macht ihr Komplimente.«

»Haben Sie Ihre Frau darauf angesprochen?«

»Ich kann ihr doch nicht sagen, dass ich in ihr Handy geguckt habe«, empörte er sich.

»Und wie möchten Sie nun vorgehen?«

»Ich werde sie beobachten.«

»Meinen Sie nicht, Sie könnten es schaffen, mit ihr ehrlich über ihren Verdacht zu sprechen?«

(Nein, natürlich würde er es nicht schaffen, wenn nicht mal ich das schaffe!)

»Ich will sie beobachten. Wenn ich sie mit dem Kerl erwische, werden mich die beiden kennenlernen«, drohte er.

»Haben Sie eine Ahnung um wen es sich handeln könnte?«

»Entweder ist es ein Lieferant oder der Computerfuzzi, der sich um ihre Homepage kümmert. In der letzten Zeit hatte sie wiederholt Probleme damit. Wahrscheinlich baut der die Probleme ein, damit er immer wieder kommen kann.«

In dieser Stunde war nicht viel mit Herrn R. anzufangen. Er hatte sich in die Sache verbissen und konnte sich auf nichts anderes konzentrieren, so dass wir im eigentlichen Programm, seit mehreren Sitzungen waren wir im Rahmen der kognitiven Umstrukturierung dabei, Alternativgedanken zu seinen Selbstabwertungen zu erarbeiten, nicht weiterkamen. Der arme Mann brauchte heute einen Mülleimer, in den er seine ganze Frustration kippen konnte, sonst nichts.

Nachdem er weg war, schloss ich die Praxis ab und nahm mir vor, es besser zu machen als mein Klient. Ich würde heute Abend mit Albert reden.

Es roch nach Essen, mein Gefährte hatte gekocht. Das war lieb von ihm. Ich hatte Hunger. Wir umarmten uns herzlich, doch Albert war schon wieder in Aufbruchshektik.

»Sorry, sorry, aber ich muss dringend nochmal weg. Ein Kunde hat einen Computerabsturz, ich muss das bis Montag hinkriegen, sonst ist der aufgeschmissen. Ich habe schon gegessen, lass es dir schmecken«, nochmal Kuss auf die Backe und fort war er.

Ich dachte an die Worte meines Klienten Herrn R. Heute würde ich auf Albert warten. Vorm Fernseher schlief ich wie meistens ein, diese Gewohnheit hatten wir beide, wie vermutlich eine Menge anderer Menschen auch. Kurz vor Mitternacht hörte ich Geräusche an der Tür. Albert kam heim. Er streckte den Kopf ins Zimmer.

»Schön, dass du da bist«, begrüßte ich ihn.

Er setzte sich zu mir.

»Mensch bin ich müde, das war ein langer Tag.«

»Ich habe schon ein wenig vorgeschlafen und bin nun wieder fit. Was ich dich fragen wollte, kann es sein, dass dein Kunde eine Kundin ist, die ein Kosmetikstudio hat?«

»Wie kommst du denn darauf?«, wich er mir aus.

»Du sitzt in einer Parfümwolke.«

Albert schwieg. Lange.

»Magst du auch noch ein Glas Wein?« unterbrach er die Stille.

»Gern.«

Ich hatte Schweißausbrüche. Wie klein die Welt war.

Er kam mit der Flasche und zwei Gläsern zurück und

goss uns ein. Wir prosteten uns zu. Ich wartete und schaute ihn an. Er wich meinem Blick aus.

»O.k.«, brach es nach einer gefühlten Ewigkeit aus ihm heraus, »du hast Recht. Vermutlich hat Ellen dir erzählt, dass sie uns gesehen hat. Es ist alles ganz harmlos, auch wenn es anders scheint.«

»Dann erkläre es mir.«

Albert schwieg eine weitere Ewigkeit. Ich dachte an das Buch *Das Schweigen der Männer*, offenbar ein ubiquitäres Phänomen. Ich sagte nichts.

»Ich mag diese Frau, sie ist so spontan, so herzlich, aber ich liebe sie nicht. Tatsächlich habe ich sie nur beruflich getroffen, aber ich gebe zu, sie hat überzufällig oft Probleme mit ihrer EDV. Ich glaube sie ist einsam, weil ihr Mann ein Sonderling ist, der sich nicht um sie kümmert.«

»Bin ich auch ein Sonderling, der sich nicht um dich kümmert?«

»Nein, natürlich nicht. Aber es fehlt etwas. Mir fehlt etwas. Du, die alte Monika fehlt mir. Du bist immer nur mit deinem Beruf beschäftigt, wenn du nicht zusätzlich noch als Detektivin einspringst, danach bist du müde. Hast du denn überhaupt noch Interesse an mir?«

»Würde ich sonst hier sitzen?«

»Nein, ja, es ist alles nur noch Gewohnheit. Wir bemühen uns nicht mehr umeinander. Aber wer im Glashaus sitzt, sollte nicht mit Steinen schmeißen.«

»Was meinst du damit?«

»Bist du nicht letzte Woche mit einem Mann ausgegangen für den du dich aufgebrezelt hast, dass einem die Augen aus den Höhlen fallen konnten?«

»Das war doch nur Wolfgang.«

»Nur Wolfgang«, äffte er mich nach, »das ist der Mann, dem nichts lieber wäre, als wenn ich von der Bildfläche verschwinden würde.«

»Du übertreibst maßlos und lenkst ab.«

»Gut, ich gebe zu, dass ich einmal mit der Frau geschlafen habe, nur ein einziges Mal, obwohl ich erheblich öfter Gelegenheit dazu gehabt hätte, das kannst du mir glauben.«

»Wann war das?«

Albert schwieg.

Ich goss uns Wein nach.

»Heute.«

24

Es war Sommer. Die Luft flirrte. Eine drückende Schwüle lag über der Stadt. Abkühlung war nicht in Sicht. Während die einen die mediterrane Stimmung im Biergarten oder an einem der zahlreichen Seen in der Region genossen, mussten die anderen arbeiten oder verbarrikadierten sich hinter geschlossenen Rollläden, um die Hitze auszusperren. Mir machte die Wärme wenig aus. Ein Großteil meines Klientels stöhnte unter dem tropischen Klima. Auch wenn viele Menschen darüber klagten, war das Wetter selten schuld an deren Miseren.

Seit Alberts Geständnis waren fast zwei Monate vergangen. An diesem Abend hatten wir uns hemmungslos betrunken und bis in den Morgen gestritten. Als ich am nächsten Tag aufwachte, war er weg. Er war zu einem Bekannten gezogen, um Abstand zu gewinnen, wie er mir schriftlich mitteilte. Auch ich hatte Abstand gebraucht und mir zwei Wochen Urlaub an der Nordsee gegönnt, spontan. Dort hatte ich versucht, meine Gedanken zu ordnen und Kraft zu tanken. Tagelang saß ich am Strand, starrte auf das Meer und dachte nach. Der helle Sand, die Unendlichkeit des Wassers, die stetige Bewegung der Wellen, der eigentümliche Geruch aus Salz, Gischt, Meerestieren und –pflanzen beruhigte mich. Ich hatte mir einen Strandkorb gemietet und schottete mich darin von meiner Mitwelt ab. Bewusst vermied ich Kontakt, ich wollte alleine sein. Mir war nicht nach belanglosem Geplauder. Während ich weg war, holte Albert seine wichtigsten Sachen aus unserer Wohnung. Die zwei Wochen Pause von allem taten mir gut. Als ich mich auf den Heimweg machte, glaubte ich zu wissen, was ich wollte. All die Jahre unserer Beziehung waren von gegenseitigem Respekt geprägt gewesen. Natürlich gab es Differenzen und Streit zwischen uns, aber wir stritten um Lösungen, nicht darum, wer besser oder schlechter ist. Ziel unserer Dispute war die positive Veränderung unserer Beziehung nicht die Vorherrschaft in derselben. Wir haben versucht angenehme wie unangenehme Aufgaben so gerecht wie möglich zu teilen. Natürlich sind wir keine siamesischen Zwillinge und wir führten auch keine symbiotische Beziehung. Wir akzeptierten unsere Unterschiedlichkeit, die sich an unterschiedlichen Bedürfnissen und Kompetenzen nicht an stereotypen Geschlechterrollen orientierte. Beide arbeiteten wir gemeinsam, aber auch unabhängig voneinander, an unserer persönlichen und beruflichen Weiterentwicklung. Letztere hatte in den letzten Jahren mehr Raum eingenommen als gut für uns war. Beide erschöpften wir uns zeitweise darin. So blieb zu wenig Energie für die Gestaltung der anderen Facetten des Lebens. Vielleicht hatten wir auch vergessen wie wichtig diese waren. Wann hatten wir das letzte Mal einen längeren Urlaub gemacht? Wann hatten wir unsere jeweiligen Hobbies ausgelebt? Albert war in seiner Jugend ein begeisterter Gitarrist gewesen. Seine Rockband hatte regionale Bekanntheit erlangt. Ich hatte früher zahlreiche sportliche Ambitionen, die mit Abschluss des Studiums völlig untergegangen sind. Auch wenn mir bewusst war, dass in den verschiedenen Lebensphasen verschiedene Schwerpunkte zu setzen sind, so war mir ebenso bewusst, dass ich genauso wie Albert vieles vernachlässigt hatte, was mitunter wichtiger gewesen wäre als das Geldverdienen. Niemand hatte uns dazu gezwungen.

Ich würde versuchen, mein Leben in diesen Aspekten zu ändern und ich würde für unsere Beziehung kämpfen. Albert war der Mann, mit dem ich alt werden wollte.

Auch meine Patientinnen und Patienten hatten Fortschritte in der Bewältigung ihrer psychischen Probleme erreicht, die einen langsamer, die anderen schneller.

Eine junge Frau hatte ihr Selbstvertrauen soweit aufgebaut dass sie sich traute, Bewerbungsschreiben zu verfassen und in Vorstellungsgespräche zu gehen und hatte dadurch nach längerer Arbeitslosigkeit endlich einen Job gefunden, in dem sie in einem Team, in dem sie sich angenommen fühlte, ihre Qualifikation effektiv nutzen konnte.

Herr S., ein Mann um die 55 Jahre, der nach einem Herzinfarkt völlig verunsichert und über ein Jahr krankgeschrieben war, hatte seinen Lebensmut wiedergefunden und war bereit, an seinen Arbeitsplatz zurückzukehren. Seine Angst vor der Häme der Kollegen war groß, aber er überwand diese Hürde und freute sich über die einhellig positive Rückmeldung in der Firma.

Frau O. hatte nicht die Scheidung eingereicht, jedoch ihr Gatte, der sich heftig in eine jüngere Frau verliebt hatte, die weniger unterwürfig war wie seine Angetraute. Was zunächst eine massive Kränkung bedeutete, entpuppte sich letztlich als echte Befreiung für meine Klientin, die sie nun noch zu nutzen lernen musste.

Sogar mein narzisstischer Patient Herr C. entwickelte Einsicht in seinen Anteil bei der Entstehung der Konflikte, die er mit seinen Mitmenschen hatte. Er begann, sich für sein jeweiliges Gegenüber und dessen Bedürfnisse zu interessieren und über Probleme zu reden statt sich in die Schmollecke zurückzuziehen. Die zustimmenden Reaktionen auf seine Verhaltensänderungen verblüfften und bestärkten ihn.

Nicht allen ging es gut, die eine oder andere chronisch depressive Person fühlte sich von den Vergnügungen des Sommers abgekoppelt und litt darunter (»Alle anderen haben Spaß da draußen und ich sitze lustlos in meiner dunklen Kammer ...«).

Besonders erfreulich war die Entwicklung des Herrn R. Nachdem er die Ernsthaftigkeit der Trennungsabsichten seiner Frau und ihre Verzweiflung gespürt und verstanden hatte, wie sehr sie unter seinem Verhalten litt, wuchs er – um sie nicht zu verlieren – über sich hinaus. Er stellte sich dem beruflichen und privaten Sozialleben, schenkte seiner Frau auf mein Anraten zum Geburtstag einen Tanzkurs, worüber sie begeistert war. Bei einem zweiten Paargespräch bedankte sie sich dafür bei mir, da ihr – auch ohne dass er es gesagt hatte – klar war, dass diese Idee nicht auf seinem Mist gewachsen sein konnte. Nein, Frau H.-R. war nicht diejenige welche. Kosmetikstudios gibt es in Mannheim viele und Männer, die sich mit Computern beschäftigen, wie Sand am Meer.

Luise Rinnstein hatte mir Stück für Stück ihr Martyrium offenbart. Immer wieder hatte sie im Laufe ihrer Ehe die Möglichkeiten einer Trennung erwogen. Letztlich hatte stets die Angst vor den Konsequenzen die Oberhand behalten und sie war geblieben. Über das Ende ihrer Zeit als Ladenbesitzerin berichtete sie:

»Ich hätte ihn damals verlassen sollen. Aber ich war finanziell abhängig von unserem Geschäft. Jacob verkaufte es als er 65 war. Ich war damals 60. Rentenanspruch hatte ich noch keinen, beruflich keine Chance mehr. Der neue Besitzer hatte kein Interesse daran, die Ehefrau mit dem Laden zu kaufen, er wollte ein modernes Geschäft mit jungem, billigen Personal. Das ist nur allzu verständlich. Jacob hätte mich auch nicht gehen lassen. Er brauchte mich. Wer hätte sich um den Haushalt gekümmert, die Finanzen geregelt, den Kontakt zur Außenwelt gehalten? So banale Dinge wie Lebensmittel einkaufen waren meinem Mann ein Graus. Er in einer Schlange an der Kasse stehen? Was er kaufte waren Wertgegenstände, Kunstwerke. Dafür war er sich nicht zu schade, das machte ihm Spaß. Mit Künstlern und Galeristen konnte er sich angeregt unterhalten, zu Hause war er ein Stockfisch. Zu Flohmärkten und Messen fuhr er weite Wege und stöberte stundenlang in den ausgestellten Waren. In Mannheim war er kaum zu bewegen das Haus zu verlassen. Mit ihm zusammen fühlte ich mich oft einsam. Ohne meine Freundin und

Vertraute Emma hätte ich kapituliert. Die Besuche bei ihr, unsere Spaziergänge waren meine kleinen Fluchten, die ich mir von Jacob nicht nehmen ließ, auch wenn er jedesmal versuchte, mich davon abzubringen, mir die Freundin madig zu machen. ›Die hört dich doch nur aus, die ist neidisch auf uns‹, wetterte er auf sie. Emma nannte Jacob nur J. R. nach dem Fiesling aus der amerikanischen Fernsehserie. ›Oh, dein J. R.‹, stöhnte sie, wenn ich mich mal wieder bei ihr ausheulte. In meiner Traumwelt habe ich mir einen Mann erfunden, der so war wie ich ihn mir gewünscht hätte: höflich, aufmerksam, verständnisvoll, zärtlich, zugewandt.«

»Und diesen Wunschkandidaten haben Sie mir bei unserer ersten Begegnung präsentiert.«

Heute Abend würde ich meinen Wunschkandidaten sehen, nach langen Wochen das erste Mal. Mehr als ein paar Kurznachrichten hatten wir nicht ausgetauscht. Albert hatte die Wohnung nur betreten, wenn er wusste, dass ich nicht da war. Ich war nervös, angespannt. Wir wollten uns auf ›neutralem Boden‹ in einem Restaurant treffen. Um nicht von uns bekannten Menschen gestört zu werden, verabredeten wir uns in Ludwigshafen im *Riviera*, einer Gaststätte im Hemshof, die uns vom Anfang unserer Beziehung bekannt war. Ich bestellte einen ›ruhigen Tisch für zwei‹.

Das kleine Lokal im *Italienerviertel* war eines der ersten italienischen in Ludwigshafen. Der Wirt war in den 60er Jahren mit den sogenannten Gastarbeitern, die vor allem in der BASF gebraucht wurden, gekommen und hatte sich hier sehr erfolgreich selbständig gemacht. Die hervorragenden Pizzen und Nudelvariationen wurden nicht nur von seinen Landsleuten goutiert, sondern gleichermaßen vom jungen deutschen Publikum, das auf den mediterranen Geschmack gekommen war und sich die verhältnismäßig preiswerten Gerichte eher leisten konnte als die teureren in deutschen Restaurants. Zudem schätzte es die lockerere Atmosphäre. Schwierig war hier allerdings stets die Parkplatzsuche. Gerade hatte ich mein Gefährt in eine Lücke bugsiert, da sah ich Alberts Auto um die Ecke fahren. Ich wartete am Straßenrand. Albert winkte mir und suchte nun ebenfalls einen Abstellplatz. Es dauerte ein wenig, bis er mir zu Fuß entgegen kam. Wir umarmten uns kurz.

Nachdem wir bestellt hatten, entspannte ich mich etwas. Die Höflichkeitsfloskeln hatten wir hinter uns. Albert schien sich zu freuen mich zu sehen und ich freute mich auch. Natürlich interessierte mich brennend ob er nun mit der Kosmetikerin zusammen war oder nicht.

»Nicht wirklich, wir haben uns ein paarmal getroffen, da ist nichts Ernsthaftes«, antwortete er. »Eva, so heißt die Frau, war nur an einer Affäre interessiert. Sie ist verheiratet und würde ihren Mann sicher treu lieben, wenn er nicht so ein Volltrottel wäre, der sich nur für seine eigenen Dinge interessiert.«

»Und wie ist das bei dir?«

»Aber das weißt du doch, das habe ich dir schon am Abend danach gesagt. Es war ein Ausrutscher in einer besonderen Situation. Ich war sauer auf dich und Eva hat mich nach allen Regeln der Kunst verführt, und ich bin ein Mann«, versuchte Albert die Sache herunterzuspielen.

»Na ja, das Ganze ging doch schon mindestens seit letzten Winter. Mag sein, dass ihr vorher keinen Sex hattet, aber du warst doch offensichtlich von dieser Frau fasziniert.«

»Du hast Recht und auch nicht. Ich hatte dir schon am Anfang erzählt, dass sie mich an meine Mutter erinnert. Eva ist eine Frau, die ständig kokettiert. Sie holt sich Anerkennung über ihre erotische Ausstrahlung, aber das ist nur Oberfläche. Mir hat das zunächst gefallen, zumal sie mit Komplimenten in meine Richtung logischerweise nicht gespart hat, aber offen gesagt, auf Dauer ist dieses Getue und diese ständige Suche nach Aufmerksamkeit nur nervig, so wie es bei meiner Mutter auch war.«

Unser Essen kam. Albert hatte sich für eine Pizza ›mit allem‹ entschieden, ich für eine vegetarische Lasagne. Einen großen italienischen Salat teilten wir uns.

»Kauf das Haus mit mir«, wechselte Albert das Thema. Es wäre ideal für uns, vielleicht kannst du deine Praxis dorthin verlegen, deine Kundschaft kommt doch sowieso zu einem großen Teil aus dem Mannheimer Norden.«

»Also ehrlich gesagt kann ich mir beim besten Willen nicht vorstellen, auf die Schönau zu ziehen. Außerdem müssen wir glaube ich andere Dinge regeln bevor wir über einen Hauskauf nachdenken.«

»Vielleicht lässt sich das eine mit dem anderen verbinden?«

Nach dem Essen, das wir mit Espresso und Grappa

beschlossen – trotz Auto – ging es uns gut und wir schmiedeten Pläne. Ich versicherte Albert, dass ich mit ihm alt werden und unsere Beziehung nicht wegen einer Histrionikerin aufgeben wolle. Er versicherte mir, es ginge ihm genauso. Wir waren beide erleichtert und schliefen in dieser Nacht miteinander und gemeinsam in unserer Wohnung.

Am nächsten Nachmittag – Samstag – wollten wir das Haus auf der Schönau von innen besichtigen. Albert war es gelungen mit dem Makler, der das Objekt noch nicht verkaufen konnte, kurzfristig einen Termin auszumachen.

Herr Weidenbach wartete vor der Tür und begrüßte uns freundlich. Das Haus sah heute auch nicht besser aus, nein, es machte einen heruntergekommenen Eindruck, wobei die Lage an einer breiten Straße und am Eck nicht unattraktiv war. Ringsum war – allerdings stark verwilderte – Gartenfläche, die, hübsch bepflanzt, dem Ganzen einen ansprechenden Rahmen geben könnte. Der Makler schloss auf, die Tür klemmte.

»Daran sollten Sie sich nicht stören. Fenster und Außentüren müssen Sie auf jeden Fall austauschen. Das entspricht alles nicht mehr den modernen Anforderungen nach Wärmedämmung und Lärmschutz. Aber die Bausubstanz ist gut, das Haus ist in den dreißiger Jahren solide gebaut worden. Damals hat man noch ordentlich gemauert, keine Pappdeckelwände gesetzt.«

Wir betraten das alte Gemäuer, die beiden Männer zügig, ich eher verhalten. Aber tatsächlich, nachdem Herr Weidenbach die Rollläden hochgezogen hatte, machten die Räume zur Südseite hin einen hellen und freundlichen Eindruck. Im Erdgeschoss gab es drei größere und ein kleineres Zimmer, vermutlich einst die Küche, das Bad war hässlich und klein, aber immerhin gab es eine zweite Toilette. Der Raum zur von der Straße abgewandten Gartenseite verfügte über einen Erker, neben dem eine zweiflügelige Tür den Weg zur Terrasse öffnete. ›Das wäre ein schönes Behandlungszimmer‹ schoss es mir durch den Kopf.

Albert zeigte und kommentierte in der Hoffnung mich zu überzeugen mit spürbarer Begeisterung. Der Makler hielt sich im Hintergrund. Im Obergeschoss fand sich der gleiche Grundriss, allerdings waren die Räume durch die leichte Dachschräge eingeschränkt. Die hölzerne Treppe in den ersten Stock war relativ schmal, überbreite Möbelstücke konnte man hier nicht transportieren.

»Großes Möbel wird gerne über den Balkon geliefert, den Sie zum Garten hin haben,« fing der Makler meine Skepsis auf. »Die breite Balkontür macht das möglich.«

Tatsächlich war die Aufteilung insgesamt durchdacht und auch im Obergeschoss beeindruckte eine schöne zweiflügelige Holztür zum Balkon. Ja, dieses alte Haus hatte Charme.

Albert freute sich über meine zunehmend positive Bewertung. Herr Weidenbach zeigte uns den kleinen Speicher, den Keller, den Garten.

»Schauen Sie sich in Ruhe um, ich bleibe hier, wenn Sie Fragen haben ...«, steckte er sich auf der Terrasse stehend eine Zigarette an.

»Was meinst du? Die Eigentümer wollen zwar

230.000 Euro, aber dafür kriegen sie es nicht los, wir könnten das Haus bestimmt für 200.000 Euro haben?« fragte Albert.

»Es ist wirklich schöner als es von außen vermuten lässt, aber wir müssten sicher nochmal die gleiche Summe reinstecken. Woher sollen wir denn das Geld nehmen?«

»Lass uns das in Ruhe zu Hause diskutieren.«

Wir machten noch einige Fotos mit unseren Telefonen, verabschiedeten uns vom Makler und fuhren nach Hause. Eigentlich war es nur ein Katzensprung bis in die Neckarstadt. Unterwegs holten wir Alberts Siebensachen bei seinem Bekannten ab, der unser Erscheinen mit einem Grinsen quittierte.

»Aha, das jungverliebte Paar«, kommentierte er. Erich war ein Kollege den Albert seit seinen ersten Gehversuchen als Grafiker kannte und mit dem er immer noch, wenn es sich ergab, mit Vergnügen Projekte abwickelte. Erich wohnte und arbeitete in einem riesigen Loft, in dem oft Menschen übernachteten. Er lebte alleine und hatte gerne Gesellschaft. In einer Ecke befand sich ein regelrechtes Matratzenlager, auf dem auch Albert die letzten Wochen genächtigt hatte.

Samstagabend und Sonntag verbrachten wir mit endlosem Abwägen. Es sprach viel für das Haus und genauso viel dagegen. Ein gemeinsames Projekt würde unserer Beziehung gut tun, aber ob das zusammen arbeiten und zusammen leben nicht zu viel des Zusammenseins bedeutete? Hatten wir unsere Krise dauerhaft überwunden oder war die Versöhnung nur eine kurze Konjunkturbelebung aufgrund unserer Angst vorm Alleinsein? Auf jeden Fall redeten wir wieder miteinander und genossen es – am Sonntagnachmittag gar bei dreißig Grad am See.

Albert wollte morgen mit dem Makler über den Preis verhandeln und sich bei einem anderen Kunden, der eine Baufirma hatte, über die Möglichkeiten und Kosten einer Renovierung beraten lassen.

»Apropos Beziehungskrise, was macht eigentlich deine Oldie und ist deren bessere Hälfte wieder aufgetaucht?«, fragte Albert als er sich nach einer Abkühlung im Wasser wieder neben mir auf der Decke niederließ.

»Oh, du weißt doch, dass ich nichts sagen darf«, rügte ich ihn.

»Ja, aber du kannst mir doch wenigstens verraten, wie sich die Beziehung zu unserem Nachbarn entwickelt«, ließ er nicht locker.

»Was Luise Rinnstein mir erzählt hat, behalte ich für mich. Aber meine Spekulationen kann ich dir verraten. Ich glaube sie hat den Ehemann in ein Pflegeheim verfrachtet und deswegen Schuldgefühle. Aber darüber spricht sie nicht, frag bitte nicht weiter.«

»Na, er wird bald auftauchen müssen, die Halle dürfte im Spätherbst fertig sein. ›Hammer und Meißel‹ baut mit Karacho. Schön wird das Ding nicht aber teuer. Ich schätze, die Einweihung wird noch vor Weihnachten sein, dann hat der Park eine neue Attraktion für den Winter. Zusammen mit der Baumhainhalle soll eine multifunktionale Nutzung möglich werden, z.B. für größere Festivitäten oder als Ausweichstätte für die *Seebühne*, die bald renoviert und eventuell überdacht werden soll. Ich kenne mich definitiv nicht aus mit Kunst, obwohl ich es als Grafiker sollte, Malerei hat mich leider nie interessiert, aber ein Experte hat im Aufsichtsrat den beträchtlichen Wert der gestifteten Stücke – insgesamt zwanzig – bestätigt. Der Mann geht davon aus, dass die Exponate ein Publikum anziehen werden, das sonst nicht in den Luisenpark käme, die Investition in die neue Halle und deren Sicherheitstechnik würde sich lohnen, war seine Meinung. Allerdings, und das wird bei Neubauten häufig vergessen, die Folgekosten werden schon allein wegen des zusätzlichen Sicherheitspersonals nicht gering sein.«

»Da bin ich ja mal gespannt.«

25

Nachdem der fehlende Albert wieder aufgetaucht war und wir uns versöhnt hatten, begann ich die neue Woche trotz vollen Programms entspannter. Es war immer noch sehr heiß, vor allem in der Innenstadt unangenehm schwül. Obwohl ich erst vor acht Wochen an der Nordsee gewesen war, fühlte ich mich schon wieder urlaubsreif. Beziehungsarbeit ist anstrengend und Liebeskummer schlaucht. Ganz abgesehen davon ging es einem Teil meines Klientels – vor allem den rezidivierend depressiven Patientinnen und Patienten – wie jedes Jahr im Hochsommer schlechter. Es wurde viel gejammert.

Sehr erfreulich dagegen war die Entwicklung von Luise Rinnstein. Naturgemäß hatte die Beziehung zu ihrem Mann in unseren Gesprächen breiten Raum eingenommen. Neben der Existenzsicherung war Jacob die zweite Lebensaufgabe für seine Ehefrau gewesen. Um ihn ertragen zu können hatte sie zeitlebens versucht, ihn zu verstehen. Die außerordentlich reflektierte Frau sagte Sätze wie:
»Je besser ich sein respektloses Verhalten mir gegenüber auf Hintergründe zurückführen konnte, die außerhalb meiner Person lagen, desto weniger verletzte es mich. Lange Zeit dachte ich der Krieg sei schuld an seiner Haltung mir gegenüber, dann hatte ich die Vermutung er räche sich an mir für den Leistungs-

druck, den ihm seine Mutter gemacht und der verhindert hatte, dass er seinen beruflichen Neigungen folgen konnte.

Faktisch war mein Mann nicht Teil eines Ganzen, er bewegte sich außerhalb. Weil er das tagtäglich spürte, wuchs seine Verbitterung. Er war nie in der Lage, die Leistungen anderer – mit Ausnahme von Malern – anzuerkennen. Das Böse in ihm veranlasste ihn, mich quälen zu wollen, um auch mir das Dasein zu verderben. Ich war graue Maus, aber um ein Vielfaches mehr Teil eines Ganzen. Ich glänzte nicht, aber ich war lebendig, hatte ehrliche Gespräche mit Kunden, Lieferanten und allen anderen, die bei uns aus- und eingingen. Mir gegenüber verhielten sich die Menschen echt, so echt wie ich ihnen gegenübertrat. Ihm begegneten sie mit distanziertem Respekt.

Mein Mann war Schauspieler, irgendwie entrückt, lebte in seiner Kunstwelt – im doppelten Wortsinne. Tote Gegenstände wie die Bilder die er so sehr liebte, waren ihm mehr wert als die Menschen in seiner Umgebung. Ich war seine Verbindungstür zum Normalen, zum Leben. Ich glaube er war neidisch auf meine Fähigkeiten mit dem Alltag zurechtzukommen, mit der Banalität, mit dem Notwendigen. Vermutlich wäre er gerne ein charismatischer Führer gewesen, stattdessen war er in seiner Ichbezogenheit nur langweilig. Obwohl wir uns so lange kannten und auch so viel zusammen durchgemacht hatten, waren unsere Gespräche oberflächlich. Nie teilte er mit mir seine Ängste, die er zweifelsohne hatte, nie ließ er mich in seine Abgründe schauen. Er war allein, und ich war es mit ihm. Als er verschwand gab es in meinem Herzen keine Leerstelle, nur tiefe Sorge um ihn. Ich wusste, er würde ohne mich untergehen.«

Meine Frage, ob sie nie einen Wunsch nach Kindern verspürt hatte, beantwortete sie differenziert:

»Ach wissen Sie, das ist ein schwieriges Thema. Am Anfang unserer Ehe steckte ich alle Kraft in den Aufbau unseres Geschäfts, wie hätte ich mich da noch um ein Kind kümmern sollen. Jacob wäre ein schlechter Vater gewesen, er hätte meine Aufmerksamkeit nicht mit einem Kind teilen wollen, so wenig wie sein eigener Vater. Ich kann mich nicht daran erinnern, einmal mit Jacob über das Thema gesprochen zu haben. Es ergab sich nicht. Genaugenommen hätte ich später auch nicht mehr schwanger werden können.«

Meine Nachfrage, ob Sie sich wie so viele Frauen ihrer Generation einer Unterleibsoperation[2] unterzogen hatte, beantwortete sie so:

»Nein, das war nicht der Grund. Ich habe Ihnen ja schon erzählt, dass Jacob sich in *jeder* Hinsicht hat bedienen lassen. Ich meinte damit auch sexuell. Geschlechtsverkehr hatten wir nur in den ersten Jahren, danach verlangte er von mir andere Praktiken.«

»Wie fühlten Sie sich dabei?«

»Entschuldigen Sie den Ausdruck: wie eine billige Nutte. Aber nachdem ich in den Wechseljahren war,

---

2   In der zweiten Hälfte des letzten Jahrhunderts wurden vielen Frauen die Gebärmutter und im Rahmen der sogenannten Totaloperation gleichzeitig die Eierstöcke entfernt. Nicht selten geschah dies keineswegs aus medizinischer Notwendigkeit, sondern aus Profitinteresse oder im Zusammenhang damit, dass angehende Chirurgen für ihre Anerkennung als Facharzt eine bestimmte Anzahl von Operationen nachweisen mussten.

habe ich mich mit dieser Begründung geweigert und er hat mich irgendwann in Ruhe gelassen.«

Nach der 18. Sitzung war meine Klientin mit sich im Reinen. Wir hatten nicht nur ihre Lebensgeschichte und die Hintergründe ihrer Anpassungs- und Unterordnungsneigung aufgearbeitet, sondern explizit und sehr erfolgreich daran gearbeitet, diese ab- und das Selbstvertrauen aufzubauen. So kamen wir überein, die Therapie an dieser Stelle abzubrechen, auch wenn von den 25 genehmigten Sitzungen der Kurzzeittherapie nicht alle verbraucht waren. Schließlich gab es andere Menschen, die meine Hilfe dringender benötigen würden, wie Luise Rinnstein treffend feststellte. Die Möglichkeit einer Fortsetzung der Therapie bei Bedarf war davon unberührt. Die alte Dame erzählte mir, dass sie sich noch nie im Leben so frei gefühlt habe. Und, sie vertraute mir an, dass sie sich verliebt habe, in unseren Adolph Scholz. Er sei so ein netter, zuvorkommender Mann. Sie schwärmte von ihm wie ein Teenie und fühlte sich vermutlich auch so.

»Aber«, so sagte sie, »ich möchte die Sache langsam angehen lassen.«

Nun, sie war ja erst 83, hatte also noch Zeit.

Was aus ihrem Mann geworden war, wusste sie offenbar tatsächlich nicht, wobei die Geschichte einen weit dramatischeren Hintergrund hatte, als der mir ursprünglich präsentierte. Wie gerne hätte ich dieses Wissen mit meinem neugierigen Lebensgefährten geteilt, doch an meine Schweigepflicht hielt ich mich eisern. Luise Rinnstein versicherte mir immerhin, dass sie die Sache bald auch ›offiziell‹ klären würde.

Bis zu den Sommerferien, die mich insofern tangieren, als in dieser Zeit Patientinnen und Patienten mit schulpflichtigen Kindern eher seltener die Praxis aufsuchten, da sie entweder in Urlaub fuhren oder sich zuhause mehr Zeit für den Nachwuchs nehmen und daher keine Termine ausmachen wollten, konzentrierte ich mich auf meine Arbeit. Es passierte nichts Außergewöhnliches. In den Ferien hatte auch Albert mehr Zeit, da der Gemeinderat ebenfalls Pause machte. Seit unserer Besichtigung im Juli beschäftigte ihn das Haus auf der Schönau verstärkt. Der Makler war uns nach Rücksprache mit den Eigentümern preislich entgegengekommen. Die Renovierungs- und Umbaukosten würden aber, da sämtliche Leitungen genauso veraltet waren wie Fenster, Türen und Heizung, extrem hoch werden, aus meiner Sicht für uns zu hoch. Das Dach war zwar noch dicht, aber der Außenverputz marode, ganz abgesehen von den Mängeln, die erst später sichtbar werden würden. Beide handwerklich begabt, konnten wir die Innenrenovierung selbst übernehmen, aber auch das würde neben der beruflichen Belastung eine echte Herausforderung werden. Wir diskutierten und diskutierten ohne zu einer Entscheidung zu kommen. Beide hatten wir zwar etwas gespartes Geld, das aber die zu erwartend niedrige Rente ergänzen sollte. Schließlich waren wir als Selbständige deutlich schlechter abgesichert als Angestellte. So oder so war das Hausprojekt ständiges Gesprächsthema. Es verhinderte zu meinem Leidwesen auch, dass wir den vorgesehenen Sommerurlaub planten, da wir das Geld nur einmal ausgeben konnten. Anfang September meldete sich Herr Weidenbach und machte Druck. Er habe inzwischen zwei weitere potentielle Käufer, die sich in Kürze entscheiden würden. Falls wir noch interessiert seien, müssten wir nun zuschlagen. Er bleibe bei dem Angebot von 205.000 Euro, obwohl die anderen beiden deutlich mehr zahlen müssten. Schließlich mache Albert einen guten Job, auf den er ungern verzichten wolle. Er schmierte meinem Gefährten eine dicke Portion Honig um den Mund, ich vermute, der Makler wollte das schwierige Objekt endlich loswerden.

Ich gebe zu, mein Interesse an dem Hauskauf war begrenzt, aber es war offensichtlich, dass es für Albert eine Herzensangelegenheit war, die ich ihm nicht verderben wollte. Es tat ihm gut, ein eigenes Projekt zu haben. Tatsächlich war seine Bürosituation in unserer Wohnung äußerst unbefriedigend, zudem liefen seine Geschäfte immer besser. Auch wenn er den Großteil der Aufträge bei den Kunden vor Ort erledigte, brauchte er zur Vorbereitung und für seine eigene Bürokratie einen ordentlichen Arbeitsplatz, zumal auch die Gemeinderatsarbeit als ehrenamtliche ihren eigenen Platz haben sollte. In Alberts Zimmer türmten sich Papierberge, Ordner und andere Büroutensilien zwischen Bett, Kleiderschrank und Schreibtisch.

Als ich am Freitagabend nach Hause kam, traf ich Albert und Herrn Scholz eifrig ins Gespräch vertieft, natürlich über das Bauen. Ich grüßte und Herr Scholz lächelte mich an:

»Liebe Frau Klein, ich bin Ihnen ja so dankbar für Ihre Hilfe.«

»Oh, was habe ich denn getan?«

»Ah, das wissen Sie doch ganz genau. Meine Luise – und ich glaube ich darf sie so nennen – ist so aufgeblüht seit sie bei Ihnen war und hat endlich ihren Widerstand gegen meine Annäherungsversuche aufgegeben. Es ist so ein Glück in unserem Alter nochmal eine neue Liebe zu finden, ich kann Ihnen gar nicht genug danken.«

Ich unterbrach seine Lobeshymnen und machte ihm klar, dass es zwar mein Job ist anderen Menschen zu helfen, aber keineswegs die Partnervermittlung. Ich wünschte ihm so oder so alles Gute für die neue Beziehung.

Er bedankte sich wiederum und fragte: »Wie ich von Ihrem Lebensgefährten höre, werden Sie beide unsere Hausgemeinschaft bald verlassen? Das fände ich aber außerordentlich bedauerlich.«

Erschrocken beeilte ich mich die Sache richtigzustellen. »Ich für meinen Teil wohne sehr gerne hier, lieber Herr Scholz. Albert und ich diskutieren über einen solchen Schritt, aber da ist das letzte Wort noch nicht gesprochen.«

»Da war ich wohl etwas voreilig«, bemühte sich der alte Mann seine Frage zu relativieren.

Albert und ich verabschiedeten uns und gingen nach oben.

»Sag mal, musst du allen Leuten von dieser Hauskaufidee erzählen? Wir haben doch noch überhaupt nichts entschieden«, pflaumte ich meinen Tratschonkel an.

Er entschuldigte sich damit, dass es ihm so viel Spaß

mache, er sich so darauf freue und er eben diese Freude mit ganz vielen Menschen teilen wolle. »Freust du dich denn nicht?«

»Lieber Albert, für mich ist das überhaupt nicht spruchreif«, und schon wieder waren wir mitten in der Diskussion um dieses Thema.

Nachdem wir am Samstagmorgen die Zutaten besorgt hatten, bereiteten wir nach und nach das Essen vor, Achim und Rita würden uns abends besuchen. Die beiden hatten unsere Krise hautnah mitgekriegt, dienten sie uns doch abwechselnd als Klagemauer. Entsprechend hocherfreut waren sie über unsere Versöhnung.

Kurz nach 19 Uhr klingelten sie. Gut gelaunt begrüßten wir uns mit einer Umarmung. Bereits bei der Vorspeise – Antipasti mit Olivenbrot – war Albert bei seinem Thema. Die drei wälzten Für und Wider, ich hielt mich raus, bemerkte aber deutliche Anzeichen einer allergischen Reaktion.

»Was meinst du eigentlich dazu?«, fragte Rita mich während des zweiten Gangs – Spaghetti aglio e olio mit Parmesan und Salatbeilage – erstere sollten rasch gegessen werden, da sie schnell erkalten.

»Ich beantworte dir die Frage gleich, wenn ich mit den Spaghetti fertig bin«, lenkte ich ab.

Das führte keineswegs zu einer Unterbrechung des Gesprächs, die drei – weder Rita, noch Achim oder Albert hatten jemals gebaut – fachsimpelten was das Zeug hielt.

Beim Nachtisch – mousse au chocolat – entfuhr es

mir aggressiver als beabsichtigt: »Ich kaufe kein Haus!«

Nun war das Gespräch unterbrochen. Alle schauten mich entgeistert an.

»Ich kaufe kein Haus und ich ziehe nicht auf die Schönau«, ergänzte ich meine Stellungnahme. »Ganz sicher verlege ich nicht meine Praxis dahin.«

»Aber wir waren uns doch einig«, fand Albert seine Sprache wieder.

»Du warst dir einig.«

Achim versuchte die Situation zu entschärfen: »Ihr könnt ja morgen nochmal in Ruhe über alles reden und wir zwei halten uns jetzt mal ganz raus. Das will alles gut überlegt sein.

Was machen eigentlich die netten alten Leute, die ihr letzte Weihnachten eingeladen hattet?«

»Die beiden sind ein Paar«, wie uns unser Nachbar gestern strahlend mitteilte.

»Na, da habt ihr ein wirklich gutes Werk getan.«

Am weiteren Abend vermieden alle das Thema Hausbau wie der Teufel das Weihwasser. Es wurde noch ganz nett geplaudert, aber die Spannung war spürbar.

Nachdem Rita und Achim gegangen waren, räumte Albert die Küche auf, ich ging mit einem ›Gute Nacht‹ ins Bett.

Die halbe Nacht lag ich wach und brütete, am Morgen schlief ich lang. Der Kaffee wartete in der Thermoskanne, ein Zettel auf dem Tisch.

›Musste kurz weg, komme gegen Mittag, mach es dir gemütlich, bis später, Albert‹

Ich machte es mir gemütlich, las erst in Ruhe die Zeitung und entspannte hinterher in der Badewanne.

Als ich gerade beim ›Spätstücken‹ war, tauchte Albert auf. Den Geruch kannte ich.

»Wo warst du?«

»Warum fragst du?«

»Warum wohl. Du riechst nach ihr.«

»Ich weiß du hast eine gute Nase.«

»Ist das alles, was dir dazu einfällt?«

Unsere Dialoge waren auch schon besser.

»Es ist alles ganz harmlos.«

»Das kommt mir irgendwie bekannt vor.«

»Ich habe Eva das Haus gezeigt.«

»Du hast was?«

»Es tut mir leid, ich hätte es dir sagen sollen. Aber ich wusste, wie du reagieren würdest.«

»Und warum bitte hast du es dann gemacht?«

»Ich habe sie zufällig beim Einkaufen getroffen und ihr von dem Projekt erzählt. Sie war ganz begeistert und wollte es unbedingt sehen. Also habe ich mir von Herrn Weidenbach den Schlüssel besorgt und bin heute mit ihr hingefahren. Das war alles.«

»Na, da bin ich ja beruhigt«, fauchte ich ihn an.

Das Gespräch gewann an Fahrt, wir warfen uns die aufgestauten Frustrationen an den Kopf, dass es gerade so krachte. Während ich ihn als schwanzgesteuerten Egomanen beschimpfte, titulierte er mich als lustfeindliche Oberemanze.

Als unser diesbezügliches Vokabular und wir erschöpft waren, gelang es uns immerhin uns aufs Sofa zu setzen und darüber zu reden, wie es weitergehen sollte. Ich dachte an das, was ich einsam und alleine in meinem Strandkorb an der Nordsee überlegt hatte und erzählte es Albert.

»Weißt du, mir ist klargeworden, dass wir in den letzten zwanzig oder sogar dreißig Jahren vieles vernachlässigt haben, vor allem die Pflege unserer Individualität. Ich habe mich daran erinnert mit welcher Begeisterung du früher Musik gemacht und in deiner Band gespielt hast. Mein Terrain war der Sport gewesen, in meinem Handballteam habe ich mich ausgetobt und wohlgefühlt. So haben wir uns kennen und lieben gelernt. Inzwischen sind wir fast ausschließlich in unseren Berufen engagiert. Vielleicht war ich deswegen so leicht zu überreden gewesen, meine Fähigkeiten als Detektivin auszuprobieren ...«,

» ... und ich meine als Häuslebauer.«

»Ja, du hast dich da richtig reingestürzt. Unabhängig davon gönne ich dir von Herzen ein professionelles Büro. Es ist wahnsinnig wichtig, Beruf und Privatleben zu trennen.«

»Du hast vollkommen Recht. Das Projekt Hauskauf war ein Ersatz für andere Aktivitäten, die zu kurz gekommen sind. Ich wollte raus aus der Routine wie du bei deiner Suche nach dem verschwundenen Mann. Ich werde mir ein Büro mieten, es muss ja nicht unbedingt die Innenstadt sein, die könnte ich mir nicht leisten. Am besten wäre eine Vorortstrasse, in der genügend Parkplätze sind. Ich sage Herrn Weidenbach ab.«

»Vielleicht kann er dir auch ein günstiges Büro vermitteln.«

»Stimmt, das ist eine gute Idee.«

»Du solltest wieder Musik machen.«
»Und du Sport.«
»Würde dir auch nicht schaden.«
So versöhnten wir uns ein weiteres Mal.

26

Es wäre übertrieben zu sagen, dass damit alle Konflikte beigelegt waren. Ich war mir auch keineswegs sicher, ob Albert die Kosmetikerin wirklich nicht mehr traf, wie er mir hoch und heilig versprochen hatte. Wer einmal lügt ...

Auf jeden Fall haben wir begonnen etwas zu verändern. Albert forschte nach seinen ehemaligen Bandkollegen und fand zwei der vier anderen Jungs, den Bassisten Horst und den Schlagzeuger Stephan. Horst lebte mit seiner Frau und den beiden erwachsenen Söhnen noch in Frankenthal, war als Zahnarzt in eigener Praxis tätig und freute sich mächtig von Albert zu hören. Stephan – der ewige Single – war als Steuerberater in einer großen Kanzlei in Kaiserslautern gelandet und ebenfalls begeistert über Alberts Idee, die Band aufleben zu lassen. Die Spuren von Peter dem Keyboarder und Udo dem Sänger waren verwischt. Weder Albert noch ich tummelten uns in den sogenannten sozialen Netzwerken, so dass uns diese Möglichkeit der Recherche nicht zur Verfügung stand. Allerdings boten sich Horst und Stephan, die regelmäßige Nutzer dieser Dienste waren, an, auf diesem Wege nach den beiden Verschollenen zu fahnden. Wie Albert hatten Horst und Stephan ihr früheres Hobby kaum gepflegt. Während eines Besuchs bei uns erzählte Ersterer, dass er mit seinen Kindern etwas Hausmusik gemacht hatte als sie klein waren, aber nur um diese in ihrer musikalischen

Entwicklung zu fördern. Stephan hatte sein Schlagzeug erst bei seinen Eltern im Keller deponiert und später verkauft. Alberts Gitarre stand seit Jahrzehnten ungenutzt im Kleiderschrank. Die drei ehemaligen *Flowerpops* waren fest entschlossen, gemeinsam Musik zu machen, notfalls ohne den Rest der Band. Alberts Augen strahlten, wenn er von den diesbezüglichen Plänen sprach.

Bei mir war die Sache schwieriger. Unser ehemaliges Handballteam gab es schon lange nicht mehr, die Sportlerinnen waren in alle Winde zerstreut. An die Namen der meisten erinnerte ich mich nicht. Das Angebot für über 50jährige sportbegeisterte Mannheimerinnen war überschaubar. Außer den üblichen Gymnastikgruppen in den Vereinen oder den Kursen in Fitnessstudios gab es nichts. Aber ich wollte dranbleiben und mit zwei der früheren Handballerinnen, Ute und Hannelore, die auch in Mannheim wohnten und zu denen ich über die Jahre losen Kontakt gepflegt hatte, einen Versuch machen, eine Frauschaft zu gründen.

Wie Albert vorhergesagt hatte, wurde die Ausstellungshalle im Luisenpark rechtzeitig zum Weihnachtsgeschäft fertig. Ende November war die offizielle Einweihungsfeier. Albert und ich hatten uns das Gebäude schon vier Wochen davor von außen angesehen. Es war nicht nachvollziehbar, dass der Bau einer solch unscheinbaren Bretterbude derart große Summen verschlungen hatte. Wenigstens wurde der vorgegebene Kostenrahmen ausnahmsweise nicht gesprengt.

Als Stadtrat hatte Albert eine Einladung für zwei

Personen. Ich begleitete ihn äußerst selten zu solchen Anlässen, die Rolle der *Frau an seiner Seite* lag mir nicht. Albert wusste und akzeptierte das. Diesmal war die Sache anders.

»Ich bin ja gespannt wie ein Flitzbogen, ob Jacob Rinnstein auftauchen wird. Ich nehme an, du kommst auch?«, fragte er mich, als er das Einladungsschreiben öffnete.

»Das lasse ich mir nicht nehmen«, versicherte ich ihm.

Zwei Wochen vorher hatte mich Luise Rinnstein in meiner Telefonsprechstunde angerufen und gefragt, ob ich auch dabei sein würde, was ich ihr mit großer Freude zusagte.

Eine Riesenmenge an wichtigen und unwichtigen Leuten hatte sich in der mit erstaunlicher Geschwindigkeit erbauten Halle im Luisenpark zu Ehren des Spenders eingefunden. Ich saß in der dritten Reihe neben Albert gemeinsam mit zahlreichen Stadträtinnen und Stadträten der anderen Fraktionen, vor uns hatten vornehmlich Vertreterinnen und Vertreter der Presse sowie Landtags- und Bundestagsabgeordnete Platz genommen. Die erste Reihe war den Hauptpersonen vorbehalten, dem zu Ehrenden selbst und seiner Gattin, dem Stadtoberhaupt, dem Kulturdezernenten, dem Geschäftsführer der Stadtpark-GmbH, Vertretern des Kunstbetriebs und der Geschäftswelt.

Es war schon einige Minuten nach offiziellem Beginn der Feier, als Luise Rinnstein im schwarzen Kleid gemeinsam mit dem Oberbürgermeister erschien.

Das Zeremoniell wurde eröffnet mit einer musikalischen Einlage des Streichquartetts der städtischen Musikschule.

Danach trat Oberbürgermeister Redlich ans Mikrofon und hielt eine mindestens zwanzigminütige Rede, in der er die Verdienste »eines großen Mannes unserer Stadt« um die Kultur würdigte, nicht ohne einen kurzen Lebenslauf des Geehrten, »eines fleißigen und nimmermüden Geschäftsmannes« voranzustellen, der beim Wiederaufbau der Nachbarstadt Ludwigshafen eine entscheidende Rolle gespielt, und nach seiner aktiven Zeit im Berufsleben nie aufgehört habe, »zum Wohle seiner Wahlheimat Mannheim und ihrer Bürgerinnen und Bürger« zu wirken. Er verwies darauf, dass »solche großherzigen Gaben« angesichts der schlechten Haushaltslage der Stadt nicht hoch genug zu schätzen seien und betonte die gute Zusammenarbeit zwischen Wirtschaft und Stadtverwaltung nicht nur im kulturellen Bereich. Gegen Ende beschrieb er dann einige der »wertvollen Exponate« und schloss mit dem Dank an die Ehefrau des Spenders, die ihren Mann in seiner großen Aufgabe stets unterstützt habe, und heute hier in Vertretung ihres Gatten, der leider erkrankt sei und dem man von hier aus eine schnelle Genesung wünsche, die Einweihung der »Jacob-Rinnstein-Ausstellungshalle« vornehmen werde.

Die anschließende Ansprache des Kulturdezernenten, die ebenfalls voller Lobeshymnen für den Gönner und dessen Zuwendungen war, fiel bedeutend kürzer aus, schließlich hatte sein Chef ja bereits alles gesagt.

Danach durfte sich der Geschäftsführer der Stadtpark-GmbH für die großzügige Gabe, die im Luisenpark einen »würdigen Ort« gefunden habe, bedanken.

Nach diesen artigen Verbeugungen vor der großen Spenderpersönlichkeit erhielt dessen Frau das Wort.

»Meine sehr verehrten Damen und Herren,

ich bedanke mich bei den Herren, die so überaus herzliche Worte über die Persönlichkeit meines Mannes gefunden haben, besonders dem Herrn Oberbürgermeister, der sich die Mühe gemacht hat, Jacobs Leben und Wirken darzustellen.
Ich tue dies heute aber nicht wie in früheren Zeiten in Vertretung meines Gatten, sondern in meinem eigenen Namen, denn, das wird Sie nun alle überraschen: Jacob Rinnstein weilt seit zwei Jahrzehnten nicht mehr unter uns.«

Ihre Rede wurde von lautem Raunen des Publikums unterbrochen. Erst nachdem der Oberbürgermeister um Ruhe gebeten hatte, konnte Luise Rinnstein fortfahren:

»Im letzten Jahr habe ich viel gelernt. In der Arbeit mit meiner Therapeutin Monika Klein, der ich hier ausdrücklich danken möchte, ist mir bewusst geworden, dass ich ein Leben gelebt habe, das sich ausschließlich an den Bedürfnissen anderer orientierte, zunächst denen meines Vaters, später denen meines Mannes.

Wie so viele Frauen habe ich rund um die Uhr gearbeitet und unser Geschäft, das strenggenommen meines war, geführt. Mein Mann, der lieber Künstler als Verkäufer gewesen wäre, widmete sich außerhalb der Geschäftszeiten mit Leidenschaft seinem Hobby, dem Kunsthandel. Er beobachtete den Markt und hatte ein hervorragendes Gespür für dessen Entwicklung. Er suchte, kaufte und verkaufte, von den wertvollsten Bildern – einen Teil davon sehen Sie hier in der Ausstellung – trennte er sich nie.

Mit 65 Jahren hatte er den Schuhhandel endgültig satt. Wir veräußerten unser Geschäft und nutzten unsere Freiheit für größere Reisen.

Im Januar 1995 führten uns die Kunstinteressen meines Mannes nach Kobe in Japan. Kobe pflegte schon seit dem 19. Jahrhundert enge Wirtschaftsbeziehungen zu Deutschland, die durch die Kriege nur kurz unterbrochen waren. Viele Deutsche hatten in der Hafenstadt Firmen gegründet und sich dort niedergelassen. Ebenso blühte der kulturelle Austausch. So lebte auch ein Schulfreund meines Mannes dort, der mit Jacob die Liebe zu schönen Bildern teilte. Dieser Freund hatte Jacob ein ›Schnäppchen‹ versprochen. Wir kamen am 15. Januar in Kobe an und wohnten in einem Hotel in der Innenstadt. Am 16. Januar ruhten wir uns von den Reisestrapazen aus. Am Tag darauf wollte Jacob seinen Freund besuchen und war beseelt von dem Gedanken, dort ein wertvolles Stück für seine Sammlung ergattern zu können. Jacob machte ein großes Geheimnis um die ganze Angelegenheit und ich vermutete, dass der Freund das Kunstwerk nicht auf legalem Wege erworben hatte. Darüber gerieten wir in der Nacht in Streit und Jacob verließ gegen ein Uhr wutentbrannt das Hotel. Kurz vor sechs Uhr ereignete sich eines der schlimmsten Erdbeben, das Japan je erlebt hat. Obwohl das Beben nur etwa 20 Sekunden dauerte, verursachte es verheerende Schäden. Fast 5000 Menschen starben, 15.000 wurden verletzt, unendlich viele obdachlos. Ich hatte Glück im Unglück, das Hotel stand auf sicherem Boden und mir war nichts passiert. Doch Jacob blieb verschwunden. Tagelang suchte ich ihn, versuchte Behörden zu erreichen, unter anderem das Deutsche Generalkonsulat, doch es herrschte unvorstellbares Chaos und niemand konnte mir helfen. Auch Jacobs Freund, über dessen Adresse ich nicht verfügte, ließ sich nicht finden. Ich suchte und wartete mehrere Wochen – vergeblich.«

Luise Rinnstein machte eine Atempause und trank einen Schluck Wasser aus dem auf dem Redepult bereitstehenden Glas. Den Honoratioren stand der Mund offen. Die während der Reden von Frauen üblichen Seitengespräche waren verstummt. Im Saal war es mucksmäuschenstill.

»Schließlich flog ich alleine nach Deutschland zurück und entschied mich für einen folgenschweren Schritt.

Ich spielte weiter die Rolle, die ich immer gespielt hatte, die Ehefrau im Hintergrund. Solange er da war, hatte mein Mann mich benutzt, als sein ›Mädchen für alles‹, nachdem er weg war, benutzte ich ihn als ›Alter Ego‹, hinter dem ich mich verstecken konnte. Durch kleinere und größere Spenden sorgte ich dafür, dass der Name Jacob Rinnstein in der Mannheimer Gesellschaft bekannt wurde und Anerkennung fand. Sein Renommee öffnete mir als Ehefrau Türen und erlaubte mir Dinge zu tun und zu lassen, die mir als grauer Maus, die ich mein Leben lang war, versagt geblieben wären. Schauen Sie sich um: alleinstehende ältere Frauen werden übersehen, nicht ernst genommen, mitleidig belächelt.

Da Jacob sich während seiner Anwesenheit in Mannheim weder für die Menschen in seiner Umgebung noch für die Teilnahme am öffentlichen Leben interessiert hatte, fiel sein Fehlen nicht auf. Sein Name, der überall stand, belegte seine Existenz, dass ich ihn in der Öffentlichkeit vertrat, wurde bedauert aber akzeptiert. Schließlich war und ist es in unserer Gesellschaft keine Seltenheit, dass Frauen die Fäden ziehen, deren Männer die Ehre kassieren. Wie viele erfolgreiche Männer haben in Wirklichkeit einen weiblichen Schatten?

Mein Plan ging auf, weil diese unsere Welt vom äußeren Schein lebt und an ihn glaubt und weil einflussreiche Männer, wie Sie, die Sie hier sitzen, ungebrochen darum bemüht sind, diesem Glanz ein männliches Gesicht zu verleihen.

Ich danke Ihnen für Ihre Aufmerksamkeit.«

Nach dieser fulminanten Rede verließen die meisten der Honoratioren aus Protest den Saal, während die Presse sich auf Luise Rinnstein stürzte. Das kalte Buffet blieb nahezu unberührt. Ich nahm mir ein Glas

Sekt und wartete im Hintergrund, mein dringendes Bedürfnis, ihr zu gratulieren, musste warten. Albert war fassungslos. »Du hast das gewusst und mir nichts gesagt«, beklagte er sich bei mir. Seine Stadtratskolleginnen und -kollegen spekulierten wild: »Irgendwie kam mir das immer merkwürdig vor, dass seine Frau ihn stets vertrat«, meinte der altgediente SPD-Genosse Fernerliefen, während sein junger CDU-Kollege Nassforsch »gehört« hatte, dass »Jacob Rinnstein schwer krank« gewesen sei. Nur die Hinterbänklerin Schleifenhaupt von den GRÜNEN gab ehrlich zu, dass sie völlig überrascht sei und den Mut dieser Frau bewundere.

Luise Rinnstein hatte der ehrenwerten Gesellschaft das gegeben, was sie verdiente.

Als die Journaille sich verzogen hatte, gingen wir uns entgegen.

»Haben Sie heute Abend schon was vor?«, fragten wir fast gleichzeitig.

Sie hakte sich bei mir ein und wir gingen wie zwei Schulmädchen um die Wette strahlend und kichernd durch den Park zu ihr nach Hause.

Was sie dazu veranlasst hatte, die Leiche aus dem Rheinauer Wald als Jacobs zu identifizieren, hatte Luise Rinnstein mir bereits anvertraut. Sie hatte die Hoffnung damit verbunden, ihn auf diese Art endlich zu Grabe tragen zu dürfen, letztlich eben doch Skrupel bekommen, da sie »einer anderen Trauernden den Mann nicht wegnehmen« wollte, wie sie sagte.

Das einzige, was ich immer noch nicht begriffen hatte, war, wieso Luise Rinnstein mir zunächst diese Lügengeschichte aufgetischt hatte.

»Das war blöd von mir. Ich hatte mich dazu entschlossen, mit der ganzen Lügerei Schluss zu machen. Ich hatte aber riesige Angst davor, dies ganz alleine zu tun. Meine Freundin und einzige Vertraute Emma Schweitzer, die von der Therapie bei Ihnen so profitiert hatte, wie sie oft betonte, bat mich inständig, Ihre Hilfe in Anspruch zu nehmen. Emma wusste auch, dass Sie sich für Frauenfragen interessieren, so dass ich hoffte, Sie würden mich verstehen. Aber als ich auf dem Weg zu Ihnen war, verließ mich der Mut, und ich dachte mir – mein Blick fiel in dem Moment darauf – die haarsträubende Geschichte mit dem Verschwinden am Planetarium aus, in die ich mich zunehmend verstrickte. Als Ihre Freundin an Heiligabend erzählte, dass sie am gleichen Tag in diesem Gebäude gewesen war, wusste ich, dass ich auffliegen würde. Noch glaubte ich nicht dazu stehen zu können. Also zog ich mich zurück. Danach ging es mir schlecht. Ich fühlte mich wie eine Betrügerin und war auch eine. Vor Schuldgefühlen konnte ich kaum noch schlafen. Auch die Avancen Ihres Nachbarn machten mir zu schaffen. Wie gerne hätte ich mich mit diesem netten Herrn verabredet, unter den gegebenen Umständen schien mir das nicht angebracht. Schließlich habe ich mich dazu durchgerungen, mit Ihrer Hilfe in meiner Seele aufzuräumen.«

»Das war mutig von Ihnen.«

»Ich heiße Luise.«

»Ich Monika.«

»Prost!«

Nachwort

Luise Rinnsteins Geschichte wurde von der Presse zu einem riesigen Skandal hoch gepuscht. Nicht nur die regionale, auch die überregionale interessierte sich für sie. Die Bildzeitung brachte ein Interview mit der »Frau, die ihren Mann verschwinden ließ«, in den Frauenmagazinen wurde mit ihr über das Phänomen der verschwundenen Ehefrauen diskutiert, die Leserbriefspalten waren wochenlang mit kontroversen Meinungsäußerungen gefüllt, keine Talkshow fand ohne Luise Rinnstein statt. Ja, auch die Frauenbewegung diskutierte mit und war wie immer gespalten, die einen feierten Luise als Heldin, weil sie es geschafft hatte, ohne Mann mit Mann zu leben, die anderen beschimpften sie als Verräterin an der Frauenfrage, weil sie nicht zu ihrer Weiblichkeit gestanden und sich hinter einem Mann versteckt habe.

Die Staatsanwaltschaft zeigte Luise Rinnstein an wegen Urkundenfälschung im Wiederholungsfall, konnte ihr letztlich keinen einzigen Fall nachweisen, weil sie stets und ständig mit Luise Rinnstein oder nur Rinnstein unterschrieben hatte. Das Briefpapier mit Jacob Rinnstein im Kopf, das sie im Geschäftsverkehr verwendet hatte, stammte noch aus alten Beständen, das er selbst in einem Anfall von Größenwahn in Riesenmengen hatte drucken lassen, und die Benutzung durch seine Ehefrau war keineswegs verboten, sondern durchaus üblich.

Die Ausstellungshalle für die Rinnsteinsche Bildersammlung im Luisenpark wurde in einer kleinen internen Feier in *Luise-Rinnstein-Saal* umbenannt.

Aus dem Erlös der restlichen wertvollen Bilder hatte Luise Rinnstein eine *Stiftung zur Förderung der Lebensqualität älterer Frauen* gegründet. Der etwas umständliche Titel brachte ihr damit angestrebtes Ziel auf den Punkt. Sie wollte sich um die kümmern, um die sich niemand kümmert, Frauen wie sie selbst. Bei ihrem neuen Lebensgefährten Scholz hielt sich die Begeisterung darüber in Grenzen. Er hielt das a) für unnötig und b) seinen Zielen – nämlich die ›liebe Luise‹ möglichst rund um die Uhr für sich zu haben – zuwiderlaufend. Luise Rinnstein ließ sich nicht beirren. Sie stellte eine Geschäftsführerin ein – in Form meiner Person – halbtags versteht sich. Um mich dieser neuen interessanten Aufgabe angemessen widmen zu können, gab ich einen halben Kassenarztsitz an eine Kollegin ab. Unser erstes größeres Projekt war die Gründung einer Wohngemeinschaft für ältere Frauen. Dazu erwarben wir eine auch nicht mehr ganz junge – etwas heruntergekommene – Villa in Feudenheim, die wir momentan gemeinsam mit anderen Frauen renovierten.

Albert hatte endlich ein eigenes Büro – zwei gut geschnittene Räume im Hinterhof eines Hauses in der Schwetzingerstadt mit zwei Parkplätzen. Ein weiterer Vorteil war, dass er hier abends mit seinen Bandkollegen proben konnte ohne jemanden zu stören. Das Gebäude war schallisoliert und befand sich inmitten eines Industriekomplexes.

Meine sportlichen Ambitionen hatte ich vorerst zurückgestellt, wohl wissend, dass ich sie in Kürze im Rahmen meiner neuen beruflichen Aufgabe verwirklichen könnte. Unser nächstes Projekt würde die Anmietung einer für Sport und gesellige Veranstaltungen geeigneten Halle sein. Wir führten bereits Verhandlungen mit der Besitzerin einer nicht mehr genutzten Fabrikanlage, die unserem Projekt wohlwollend gegenüberstand und es selbst zur Verbesserung ihrer Lebensqualität nutzen wollte.

Jetzt ist aber wirklich Schluss.

Ein schöner Sommertag. Telefonsprechstunde. Mein Telefon klingelt. Ich nehme ab. Am anderen Ende meldet sich Emma Schweitzer. »Hallo Frau Klein, Sie erinnern sich? Ich war vor langer Zeit bei Ihnen.«

»Natürlich erinnere ich mich, Sie haben mir freundlicherweise auch Ihre Freundin geschickt.«

»Ja, genau. Um meine liebe Luise geht es auch. Ich weiß nicht, was ich tun soll und müsste dringend mit Ihnen sprechen.«

»Vielleicht können wir das Problem am Telefon klären?«

»Gut. Ich erzähle Ihnen kurz um was es geht. Also vorgestern hat eine Frau aus Japan bei mir angerufen. Ihrem Vater gehe es sehr schlecht, und er wolle sein Leben ordnen. Er habe ein furchtbar schlechtes Gewissen und ihr alte Unterlagen gegeben mit der Bitte Kontakt zu mir aufzunehmen. Er traue sich nicht seine Frau anzurufen. Sie ahnen schon, um wen es sich handelt? Der alte Mann ist Jacob, Luises Mann. Ich habe meiner Freundin noch nichts von dem Anruf erzählt, ihr geht es momentan so gut in ihrem neuen Leben. Was soll ich tun?«

Ich gab Emma Schweitzer den nächsten freien Termin.

DANK

*Ein herzliches Dankeschön
gebührt
Angela Schwarz
für ihr Korrektorat
(du warst eine strenge Lehrerin?)
und
Anhild Rauh für ihren geduldigen
Einsatz als Fotomodell
(wo hast du das gelernt?).*

U l r i k e   T h o m a s
Der Schöne und das Biest

Roman

Im mittleren Lebensalter wird Peter von der Erkenntnis überrascht, dass er nutzlos geworden ist. Die Tochter beim Studium in Bayern, die Eltern auf einer Kreuzfahrt in der Welt, der beste Freund viel beschäftigt in einer anderen Stadt und die Gattin Monika bei einem Jüngeren, sitzt er einsam und verlassen in dem großen Haus und fragt sich, wie lange es wohl dauerte, bis er verhungert wäre.

Mit dem Stilmittel des Geschlechtertauschs entlarvt die Autorin schonungslos klischeehafte Sprach- und Verhaltensmuster, wie wir sie alle kennen. Anhand des Lebenslaufs von Peter gelingt es ihr, die Herausforderungen und Zumutungen eines unspektakulären Frauenlebens wahrnehmbar zu machen.
Dabei beschreibt das Buch die Hintergründe der Entstehung einer Angststörung von Geburt an. Es zeigt auf, wie es durch die frühkindlich erlernte Anpassung an vorgegebene Normen und die Erwartungen anderer zu gering ausgeprägtem Selbstvertrauen und passivem Verhalten kommt,
das im Erwachsenenalter dazu führt, dass eigene Bedürfnisse in den Hintergrund treten und aufgrund ausbleibender Erfolgserlebnisse und fehlender Anerkennung depressive Phasen die Folge sind.
Das Buch zeigt auch Möglichkeiten auf, die Passivität zu überwinden und das Schicksal aktiv in die Hand zu nehmen.

2013 bei BoD – Books on Demand, Norderstedt
ISBN 978-3-732-25497-2